母の教え Ⅶ

財界研究所

はじめに

「強くなくては生きていけない、優しくなければ生きる資格がない」――。米国の小説家、レイモンド・チャンドラーの小説『プレイバック』の主人公・探偵フィリップ・マーロウが語った言葉である。

強さと優しさ、この二つが生きていく上で大事だということ。それはいつの時代もそうだし、AI（人工知能）が発達し、全てのものがインターネットに繋がる時代においても変わらない。

人と人との繋がりで人間社会はできている。人は母親から生まれ、最初にコミュニケーションを取るのが母親であり、その母親から、生かされ、生き続ける中で自分の存在を意識する。

もちろん、人の生は父と母があって得られるもので、父という存在もその人にとっては大切なもの。ただ本人の人格形成において、父と母の役割と意義は違うのではないのか。幼少期はともかく、成長していくに従って特に青年期は父とは意見が対峙することもあり得る。しかしながら母親は厳しく育てながらも、根底には包み込んでくれるふ差しさがある。その昔から、「慈母」という言葉が使われたりするが、慈愛の精神が『母の教え』にはあるように思われる。『母の教え』という本書のタイトルには、そうした母とその子の人間的繋がりの中でその人となり、人格形成が行なわれるという意味合いを持たせている。

『母の教え』は第7巻で、総合ビジネス誌『財界』（隔週刊）に2019年（令和元年）7月から20年（同2年）6月までに掲載されたものをまとめたものである。企業経営のトップが顧客に満足してもらえるような精神やサービスの開発に努め、社員の雇用に心を配り、地域社会に貢献していくという使命感を持たなければ務まらない。リーダーには、そうした使命感や職業倫理が求められる。

そのようなリーダーの資質や人となりはどうやって形成されていくのか、とうい観点から、『母の教え』は生き方・働き方を考えていく上でも読者の皆さまの参考になるのではないかと思う。

「想定外のリスク」が多く存在するいま、これらのリスクにどう対処していくべきか。わたしたちはいま、生きることの意味を根底から問いかけられている。自身や台風、水害などの自然災害、さらには様々な感染症が近年になって度々押し寄せてくる。そして人の命や健康、安全に多大な影響を与えている。

そしてデジタルトランスフォーメーション（デジタル革命）が進み、ＡＩやＩＯＴなどによって生き方・働き方も大きく変わろうとしている。そのように環境変化が激しく、時代もまた大きく変わろうとしているいま、どう生き抜くかという今日的命題である。

人生にはいろいろな試練や出来事がつきまとう。つらいこと、悲しいこと、逆に楽しいこと、嬉しいこともある。悲喜こもごもの人生の中で、その人はその人なりの人生を歩いていくことになる。

このように人にはそれぞれの人生があるのだが、共通しているのは決して単独の「個」では生きていけないということである。人と人との繋がりがあってこそ、組織や社会が構成される。

この本を読んでいただき、人と人の繋がりについて読者の方々が思いを新たにしていただければ幸いである。

２０２０年（令和２年）５月吉日

『財界』主幹・村田　博文

もくじ

（『財界』掲載順）

FRONTEO社長

守本《もりもと》　正宏《まさひろ》

「『続けなさい』という母の言葉。厳しい道を進むきっかけを作ってくれたことに今も感謝」

FRONTEO社長
守本　正宏

もりもと・まさひろ

昭和41年（1966年）生まれ。89年防衛大学校卒業、90年海上自衛隊幹部候補生学校卒業。94年自衛隊退職（2等海尉）、アプライド・マテリアル・ジャパン入社。03年転身支援制度に応募し退社。同年8月UBIC（現FRONTEO）設立、社長に就任。07年東証マザーズ上場、13年米NASDAQ上場。

４人きょうだいの長女。和歌山の実家の思い出

私は昭和41年（１９６６年）４月６日、母の実家がある和歌山市で生まれました。父の仕事の関係からその後、神戸に1年いてから大阪（豊中市）に移り、高校卒業までは大阪で育ちました。兄弟は弟1人の２人兄弟です。

母の実家はＪＲ阪和線の紀伊駅のすぐ近くにありました。父は昭和６年（１９３１年）、京都の丹後で生まれ、高校を卒業して大阪で丁稚奉公のようなことをしながら商売を覚え、自営業を始めました。聞いたところによると、和歌山で何かの仕事の関係で訪ねた会社の事務所に母が働いていて、そこで母と知り合ったそうです。

父が始めた自営業は、ビーズで作った手作りの鞄などの商品を仕入れて各地の学校や役所に行ってそこで働いている職員に販売をする、行商のような仕事でした。そのため、父は家を何週間も空けることが多くありました。父の仕事を事務方で手伝っていた母は、ずっと家にいたので、われわれ兄弟は家に帰ってくれば必ず、母がいました。

父親が仕事で家にいない分、母は子供に厳しく接していたのかもしれません。物心ついた頃の母の記憶は、よく怒られたり叱られたりした、ということが一番最初に浮かびま

す。そんなにしょっちゅう叱られていたわけではありませんが、父からは余り叱られた記憶がない分、母のイメージは父のそれとは対照的に「怖いなあ」というものでした。

母は昭和13年（1938年）生まれで、4人きょうだいの長女でした。

下にはけっこう歳が離れた弟や妹もいて、弟、妹が小さいときにはそれこそ弟や妹をおんぶしながら子守をするなど、ずっとめんどうを見てきたそうです。昔の家なのでしつけには厳しかったでしょうし、加えて上の子が下の子のめんどうを見るのは当たり前という考えもあったので、きょうだいの中で一番歳上という重圧が母にはあったのではないかと思います。高校を卒業すると母はすぐに働き出しました。

小さいころ大阪に住んでいたとき、母と一緒に電車に乗って、和歌山の母の実家を訪れることがときどきありました。豊中から阪急で梅田に出て、そこからＪＲ阪和線で紀伊駅まで。母の実家は本当に駅の近くの線路沿いにありました。だから、行きも帰りも電車からは家がよく見えました。母方の祖母はすでに亡くなりましたが、帰りに電車に乗っているとき、車窓に向かって祖母が寂しげに手を振っている様子が今でも記憶に残っています。

小さいころの私は体が弱くて病気がちでした。小学校一年ぐらいのあるとき、何かの病気に罹って急に気分が悪くなり、母が私をおぶって病院に連れて行ってくれたことがありました。母は背丈が低くて体が小さいほうなので、このときは逆に母のことが心配で、私が「大丈夫？」と聞くと、母は「大丈夫だ、大丈夫だ」と言いながら長い道のりを病院までおぶっていったのです。

突然オルガン教室に通わせられ

小学校に入る前ぐらいだったと思いますが、私は歩いているときに車に跳ねられる事故に遇ったことがありました。母が先に歩いていて、母に追いつこうと思って走り出したら、左側から車が突然、出てきたのです。飛ばされた私はゴロゴロと転がりました。

母はものすごくびっくりして、「まさひろ！」と、私の名前を叫びました。そのときの母の顔と叫び声は、今でもはっきり覚えています。跳ねた車の人が病院に運んでくれましたが、幸い、擦り傷だけで済みました。普段は子どものことをよく叱る母ですが、本当は心配しているのだなということが子供心によくわかりました。

幼稚園の年長の頃、幼稚園にオルガン教室ができたので、母はそこに私を通わせるようにしました。しかしそもそも家で音楽をやっていたものはいませんし、ほかの子たちは家でお母さんが音楽をやっていたりするような子ばかりだったので、上達の仕方が全然違いました。ある日、私はたぶんそれでオルガン教室に通うのが嫌になったのだと思いますが、教室に向かっている途中、道端で突然、座り込んでしまったことがありました。当然、教室の先生から連絡が行ったのでしょう。母が迎えに来て、結局、その日も教室に行かされました。

そのとき、母から「せっかくやり始めたことは、途中で投げ出してはダメ。最後まで続けなさい」と何度も言われたことを、今でもよく覚えています。といっても、オルガンは自分でやりたいと言って始めたことではなかったのですが。オルガン教室は結局、3年コースでしたが、最後まで通うことになりました。

いま考えるとしかしこれが、「途中で投げ出すな」ということが身についた、その原体験だったのではないかと思います。

小学校4年とき少年野球を始め、母はときどき保護者として交代で野球を見に来ました。そのときも途中でやめたくなったことがありましたが、母から「続けなさい」と言われたことがありました。

今では、人から言われるまでもなく、途中で物事を投げ出さないのは当たり前の習慣になっています。物事を途中で投げ出したりすると逆に、気持ちが悪く感じるほどです。

「恐怖の部活」バスケ部に入れと

中学に入ってから、高校、大学になると、不思議なことに母からはほとんど、叱られたり、何かをしろと言われたことはありませんでした。

ただ中学校に入ってから最初に部活を選ぶときだけは、母の指示に従いました。

小四で始めた野球でしたが、残念なことに入学した豊中の公立中学には野球部がありませんでした。するとどうしたことか母は、バスケットボール部に入れと言いました。この言葉は衝撃的でした。というのもその中学のバスケットボール部はとても厳しい部で、「恐怖の噂」が小学校にまで広まっていたのです。母としては、ほかに入りたい部活がないなら体力がつくからいいのではないか、という気持ちだったようです。

そんな噂が立っていたぐらいなので、その年の新入生でバスケットボール部に入ったのは私を入れてわずか2人だけでした。実際、部活を始めると、当時の指導の先生は本当に漫画の「スポ根もの」を地でゆくような、スパルタ方式のたいへん厳しい先生でした。こちらは右も左も訳がわからないまま、1年の夏休みのときなどは泣きながら練習に通っていた記憶があります。

しかし結局、そこでバスケットボールの面白さを知り、中学、高校、大学と、ずっとバスケットボールを続けることになりました。いま振り返ってみると、このときから、厳しい道をあえて選んで行く、あるいは自然とそういう道に進んでいく、という流れができてしまったような気がしています。高校に入った私は、実はこれからはもう少しバスケットボールを楽しんでプレーしたいな、などと思っていたのですが結局、そこでも厳しい先生が指導に就くことになりました。

その後私は、防衛大学校、海上自衛隊、そして会社起業と、厳しい道を歩んでいくことになるわけです。そのきっかけを作ったのは、中学の部活を選んだ、母の一言だったのではないかと思います。

自分は小さいときから、どちらかというとマラソンなどで走っていても、キツいときは途中で止めてしまうような、厳しいことをあまり好まない子どもでした。ところがこうした経験を積んできたおかげで、逆にキツくとても負ける方がそれ以上に嫌だ、と思うようになりました。

父は私が起業した２００３年に亡くなりましたが、母は今も健在です。母とは今は年に何回か会うぐらいですが、厳しい道に進むきっかけを作ってくれた母に、今でも感謝の気持ちでいっぱいです。

海上自衛隊幹部候補生学校の卒業式で、
母の守本智津子さんと

河北医療財団理事長

河北《かわきた》　博文《ひろぶみ》

「河北病院経営者の父を支え続けた母。わたしの教育でも大きな機会を与えてくれました」

河北医療財団理事長
河北　博文

かわきた・ひろぶみ

１９５０年（昭和25年）生まれ。77年慶應塾大学医学部卒業。同大学院博士課程修了。シカゴ大学ＧＳＢ修了。88年医療法人財団河北総合病院（元社会医療法人河北医療財団）理事長就任。公益財団法人日本医療機能評価機構代表理事・理事長。

幼稚園から小中高と級長に。跡継ぎを期待した母の影響

「おまえのお母さん、またいるよ」――。小学校のとき、友だちからよく言われました。PTAの仕事で母がしょっちゅう、学校に来ていたからです。

私は小学校から中学、高校まで成蹊学園（東京都武蔵野市吉祥寺）でした。成蹊は父の母校でもありました。

大正8年（1919年）10月24日生まれで1973年に53歳で亡くなった父は、旧制高校時代、小学校から成蹊でした。父の叔父に当たる人は尋常小学校のときから成蹊でした。父は卒業して東大に行きましたが、昭和25年に新制に変わり成蹊に大学ができると、成蹊大学で保健体育を担当する教員にもなりました。

つまり父は私の母校の卒業生であり、教員でもあったのです。小学校と、中学校もそうだったと思いますが、PTA会長も務めていました。実際は母が会長の代わりに学校へ来て仕事をしていましたが（笑）。

私は昭和25年（1950年）阿佐ヶ谷の河北病院で生まれました。3歳まで阿佐ヶ谷に住みその後、吉祥寺に移りました。阿佐ヶ谷幼稚園では級長をやっていました。たぶん自

分が将来、河北病院の経営の責任を担うことを、その頃から母は私に期待していて、幼稚園も阿佐ヶ谷にしたのだと思います。

よく覚えているのは、幼稚園の椅子の持ち方です。2階の教室から1階のホールに移るとき、園児たちが自分自分で椅子を持っていくのですが、椅子の持ち方に決まりがあったのです。級長としてその持ち方や、椅子を並べる指揮をしたことを覚えています。

小学校でも6年間ほぼ級長でした。中学、高校でも級長で、高校では生徒会長もやりました。

今思えば、子どものころから私は、何かにつけて、母から跡継ぎとして育てられたのだと思います。私には年子で、2学年違う姉と、1学年違う弟がいます。ですから病院を継ぐのは私でしたので、そこは徹底していたのだと思います。

「あなたは跡を継ぎなさい」と言葉として直接、そう言われたわけではありません。母から度々聞いた祖父や父の話、祖父がつくった病院、父がそれを継いだ話から、自然に自分もそのあとを継ぐ、という気持ちが醸成されていったのだと思います。

母は大正13年3月13日東京で生まれ、今年（2019年）3月12日に亡くなりました。

母から聞かされた祖父の話。リーダーの自覚を刷り込まれ

母は自分にすごく厳しい人で、決して愚痴を言うことがありませんでした。そこは戦争を経験している人だからだなと思います。毎日毎日を大切に生きることが大事だと考えていたように思います。

母からよく祖父の話を聞きました。

祖父は私が3歳のとき亡くなったので、直接の思い出はありません。名前を河北眞太郎といい、和歌山県出身、身長が185センチメートル《センチメートル》と大きく、運動神経が抜群だったそうです。旧制七高から東大を受ける際、受ける前から「東大へ来たら是非ボート部に」と、東大の先生が和歌山の自宅にまで親を訪ねてきたのです。東大では当時、学部対抗レースがあり、医学部はそれまで勝ったことがなく、祖父が医学部のボートに乗って初めて優勝したのです。

これを青山（胤通《たねみち》）先生という日本の医学博士第1号といわれる当時の医学部長が非常に喜ばれ、ご自身が講義で使っていた赤線がいっぱい引いてあるドイツ語で書かれたメーリングの『内科書』をくださったそうです。だから河北病院の図書室にはこの本が今もあ

り、宝物です。

祖父は非常におおらかで勉強家でした。大学受験のときに座っていた座布団がすり切れるまで勉強したそうです。

人生は竹のようなもの、節があって節と節の間はすっと伸びていく、だから各節では物事をじっくり考えることが大切、ということを言っていたそうです。小さなことに拘らず、本質をよく見る人でした。

例えば、父があるとき祖父の大切な花瓶を割ってしまいました。不意に発した言葉は「大丈夫か、けがしなかったか」です。割れたものは仕方がない、と父に話したそうで、そういう人生観の持ち主でした。

父は祖父のことを非常に尊敬していました。私も父を尊敬していますが、父はそういう話をする人ではありませんでした。とても寡黙で、世間話はしない人でした。その分、母がそういう話をしてくれました。

しかし、母は病院を継げとか、こういう勉強をしろ、ということは一切言いません。祖父や父の話をすることで、私に自然とリーダーとしての責任や自覚をすり込んでいったのだと思います。ただ、教育に関しては、具体的な指針をいろいろ決めてくれました。小学校に入るときも、1番で入らなくてはいけない、と6歳の入学試験のとき言われた記憶があります。

小学5年生のとき、初めて「日本進学教室」という塾に行かされました。成蹊は大学まで行こうと思えばそのまま行けるのですが、私は成蹊大に行くつもりもなく、勉強もせずただのんびり適当に過ごしていました。塾の全国模試では7番だったのを覚えていますが結局、塾は3回ぐらいで行くのをやめました。

50代で父が亡くなり、母が作った2冊の本

そんなことだったので中学に入ると母は、私に家庭教師をつけました。その先生がまたたいへんな方たちでした。英語の広瀬先生、数学の鈴木先生、物理の松田先生。最初に読まされた英語の本はオルダス・ハクスリーという人が書いた難しい本です。「classic」という言葉が出てきてどんな意味かと聞かれ「古典です」と答えると「なぜ古典か考えよ」と。

それで広瀬先生が書いた三省堂のローレル英和辞典を引くと、一番最初に形容詞として出てくるのは「第一級の」という言葉です。だから時代を超えて社会に受け継がれていく

ということで古典になるのだと教わりました。

鈴木先生は父の高校時代の担任でもあり、その後、校長になられた方です。

先生方は皆、母が説得して、個人で家庭教師に就いてくれていました。そんなことでわたしは高校3年でもう宇宙衛星の軌道を計算できるぐらいになりました。しかし英語はほどほど、数学と物理はよくできましたが、他を全く勉強しなかったので東大には合格しませんでした（笑）。このように母は準備だけしてくれて、あとは細かいことを一切言いませんでした。

わたしが米国に経営を学びに留学するときも、普通なら医学と関係ないと反対するでしょうが、何も言いませんでした。父が生きていたら、おそらく好きにさせると思ってわたしに選択を任せたのだと思います。教育に関してはそうやって、道筋をつけてくれたのです。

母は跡見学園を出てから日本女子大の国文科をおそらく総代として卒業したと聞いています。戦前ですから卒業したらすぐ嫁ぎ先を考えるのです。ですからいわゆる日本の昔ながらの、典型的な女性です。今では考えられないかも知れませんが、生涯、自分の夫、河北恵文に仕えた人だったと思います。

母は昔から犬が大好きで、わが家には多いときは4～5匹ぐらい犬がいました。留学のときは秋田犬がいました。その後、シーズーという小型の犬を2回、母にプレゼントしましたが、最期は犬に先立たれ一人でしたから可哀相だったと思います。

母はまた短歌が好きで、ずっと続けていました。戒めとして詠んだ歌を覚えています。「程を経ば忘るばかりの浮きことを楽しく人に言わですみにき」。時間が経つと忘れてしまうような浮かれたことを、ぺらぺら人に面白がって言わなくてよかった、という意味です。

銀婚式（結婚25年目）での父・河北恵文と母・多佳子

要するに、口を慎め、と。口は災いの元なのはわかります。もちろん必要のないことをあれこれ話すべきではありませんが、私は言うべきときには言う必要があると考えています。だから、私の口調は説教じみているのですが。

父が亡くなった後に母が編集した本があります。一つは父が亡くなった翌年の1974年から75年にかけて作った、父の思い出をいろいろな方から伺って綴ったものと父が書いたいくつかの文章を纏めた本。もう一つが１９７９年に作った河北病院の50年史です。もう手元に2冊ぐらいしかないのですが、これも父が50歳代で亡くなり、父のことをきちんと残したかったのだと思います。

母が病院のボランティア事業で「KAGAYAKI」という機関誌を作っていました。その中の一首です。

春の陽ににほひたつ花の野水仙　人もそれぞれひたすらに生きて

原田泳幸事務所代表取締役（元日本マクドナルドホールディングス社長）

原田《はらだ》　泳幸《えいこう》

「自転車を盗んだ相手の人生も思いやる……。そんな母が人としての在り方を教えてくれる」

原田泳幸事務所代表取締役
（元日本マクドナルドホールディングス社長）
原田　泳幸

はらだ・えいこう

１９４８年長崎県生まれ。72年東海大学工学部卒業、日本ＮＣＲ入社。80年横河・ヒューレット・パッカード。83年シュルンベルジェグループ。90年アップルコンピュータ・ジャパン（当時）マーケティング部長。96年米国アップルコンピュータ社バイスプレジデント。97年アップルコンピュータ社長、２００４年日本マクドナルド会長兼社長兼ＣＥＯ。05年西友社外取締役。13年ソニー社外取締役。14年ベネッセホールディングス会長兼社長などを歴任。現在ＧＣＡ顧問を務める。

包装紙にアイロン掛け

長崎県佐世保市で養鶏場を営んでいたわたしの父・原田士根《しこん》と母・昭子《あきこ》は、明治と大正生まれで、昔ながらの厳しい両親でした。特に、男・男・女・女・男という5人きょうだいの長男に当たるわたしは大変厳しく躾られました。

母からは食事中、箸の持ち方はもちろん、茶碗の持ち方も「脇を開けてはいけません」と指導されていました。母はとにかく几帳面。人様から贈り物をいただくと、包装紙を丁寧に外し、それをアイロン掛けし、いつ、誰からもらって、自分がどんな思いをしたかをメモ書きしてファイルに閉じるほどでした。

母方の祖父は塗装工。佐世保の自宅にある敷地では黒板や卓球台を作っていました。職人だった祖父の影響もあって、母のきめ細やかな性格は形成されてきたのでしょう。実際、祖父はとても厳しい人でした。

孫であるわたしたちが遊びに行くと、喜んで抱っこしてくれるのですが、躾に抜かりはありません。キャラメルをくれるときも、決して1箱くれません。1個ずつ渡すのです。1個目を食べ終わると、口の中を覗いて確認してから2個目をくれる。しかも、2個くれたら残りは神棚に備える。そんな祖父の教えを母も受け継いでいたのです。

　特に母は人様への挨拶、お礼、礼儀といったことには、とても敏感でした。学校の担任の先生にも感謝の気持ちを忘れません。わたしが東海大学の学生時代に帰郷すると、母は菓子折りを買ってきて「担任の先生にご挨拶してきなさい」と言う。お世話になったことを忘れてはならないというのが母の信念でした。

　一方で、母によるコミュニケーションの教え方は独特なものがありました。小学3～4年の頃です。1950年代の小学生の遊びといったら、ケンカしかありません。ただし、遊びのケンカです。先生や女子に見つけらない場所で、番長が番付表を見ながらケンカの組み合わせを決めてケンカさせるのです。

　ルールは至ってシンプル。素手のみで泣いたら負け。あるとき、わたしが2コ上の上級生とケンカをすることになりました。ケンカは強いほうだったのですが、相手は年上。腕っぷしでは勝てませんでした。負けたその日、家に帰ると母が「おかえり」と言ってわたしの顔を見ました。

　そのとき、わたしは反射的に目を逸らしてしまったのです。すると母は「ケンカした？」と尋ねてくる。「……」とわたしは無言。「勝った？負けた？」。そう聞かれて、わたしはつい涙をこぼしてしまいました。母からは慰められると思っていたのですが、次に出てきた言葉は「相手を連れてきて、もう1回ケンカしなさい！」。驚きました。

「うちの母親がもう1回ケンカしろって言うんだけど」。仕方なくケンカ相手の上級生を呼びに行き、わたしの家まで連れてきました。そしてケンカ再戦です。しかし、その先輩はわたしに強く当たることもなく、何も言わずに黙って殴られてくれました。

今にして思えば、人としてできた先輩でした。その一件を経て、その先輩とは親しくなりました。「負けるケンカはするな」というのが母の考えでしたが、その一方で人間関係の作り方を教えてくれたように思います。

自転車を盗んだ犯人を励ます

さらに、もっと母から驚かされたことがあります。高校1年生のときです。高校は自転車通学だったのですが、ある日、使っていた祖父の手作りの自転車が壊れてしまい、代わりに3段ギア付きのピカピカの格好いい新車を買ってもらったのです。

そんな新車が届いてから約1週間後。デパートに遊びに行き、買い物をして帰ろうと思ったら止めていた駐輪場に自転車がない。「盗まれた！」。すぐに警察に届け出ました。すると1週間後、警察から犯人が捕まったという電話がかかってきました。警察署に行くと、盗まれたわたしの自転車が置いてあり、よく見ると、祖父が書いてくれたわたしの名前が削られている。それを見たら頭に来ました。警官に犯人の取り調べをしている取調室に通されると、椅子に座っている犯人がいます。わたしと同い年くらいの男の子でした。

犯人を目の前にしたので、わたしの怒りは一気に上がります。「なんで俺の自転車を傷つけたんだ！」。私は怒鳴りつけて胸ぐらを掴みました。傍にいた警察官も「殴っていいぞ」と言う。殴りかかろうとしたそのときです。「やめなさい！」。振り向くと、いつの間にか母がいました。

わたしを制した母は犯人の男の子を椅子に座らせ、「しっかり頑張んなさい」と言い出した。なぜ励ましているんだ？　わたしの頭の中にはクエスチョンマークが浮かびます。さらには母が「これを食べてね」と言って羊羹まで差し出している。「なんで犯人にお土産まで渡しているんだ？」――。もう訳が分からない。おまけに警察署を出ると、わたしは母からめちゃくちゃ怒られました。母は犯人の男の子がどのような境遇にあるのか聞いていたのです。

母によると、その男の子は早くに父親を亡くし、貧しい生活を強いられていた。そこで自転車を盗んで生活の足しにしようとしていたというのです。しかし、悪いことは悪い。わたしの怒りは収まりません。すると、母はわたしにこう言ったのです。
「同い年のあなたに悪態をつかれて殴られたら、あの子の今後の人生はどうなると思う？」

母は自分の子供だけを育てることが親としての自分の役目ではない。子供みんなを育てることが親の役割なんだ。そういった使命感を持っていたのです。徹底して相手を思いやる。それが母の一貫した姿勢でした。

ちなみに、父も真面目で苦労することが美徳と感じる人でした。お酒も飲まず、タバコも吸わない。遊びなどせず、ひらすら仕事ばかりしている。原田家は3回、火事に遭っているのですが、そんな苦労話ばかりを他人にするような性格でした。

マクドナルドで最高益。母からの電話に衝撃を受ける

そんな父からは商売に掛ける信念を学びました。前述した通り、父の仕事は養鶏場です。寒くて仕方がない冬の早朝、鶏を食肉センターに出荷する計量のとき、ひたすらカゴ

の毛を取り払う父に「鶏の毛を取らなくても重量は同じだよ、早くしよう」とポツリと弱音を吐くと、父はこう返してきました。

「うちは3回も火事に遭って財産はすべて燃えてしまったが、一番大事な財産は燃えていない。それは人様からの信用だ。信用は人様が見てないところで作るものだ」

そう言うと、父はまた黙々と毛を取り続けていました。父には決して崩すことができない商売に掛ける父なりの生き様と信念があったのだと思います。

父と母からの教えとして共通しているのは人様への感謝です。中でも、わたしが日本マクドナルドの再建を任され、最高益を実現したときに母から言われた言葉を鮮明に覚えています。赤字に陥ったマクドナルドに入り、構造改革を断行し、社員や取引先に痛みを伴うような変革を行いました。

そして2011年12月期において最高益を達成。わたしなりに改革を実現できた自負心がありました。そんなとき、母から電話がかかって来たのです。そして電話口に母は「あなたがやったわけじゃない。社員の皆さんが頑張ったのだから、社員の皆さんに感謝しなさい」。金槌で頭を殴られた感覚でした。

組織のトップに立つ者ほど、社員には感謝をしなければなりません。人の気持ちを汲

20歳で結婚し、５人の子供を育てた母・昭子さん。ちなみに、抱っこされているのは長女

み、人に感謝する――。91歳の母ですが、人としての在り方を常に教えてくれる存在です。

銘建工業社長

中島《なかしま》　浩一郎《こういちろう》

「私を信頼してくれた母。『嘘をつくな』、『人には優しく』という言葉が今も心に残っている」

銘建工業社長
中島　浩一郎

なかしま・こういちろう
1952年岡山県生まれ。76年横浜市立大学文理学部卒業後、銘建工業入社。2004年社長に就任。

「コーラス」に打ち込んだ母

私の母は名前を将子《まさこ》といい、旧姓は安東です。名前の由来は聞いていませんが、非常に勇ましい名前だと本人も思っていたようです。1930年（昭和5年）に岡山県の津山で生まれました。

実家は和洋菓子店、金物店を営んでおり、母の祖父は大崎村（現・津山市）の村長を務めていました。菓子店は、今も地元では人気のお店で、お盆やお正月にはお土産にするということで非常に賑わっています。また、金物店は板金加工で発展し、屋根工事では岡山県有数の会社となっています。

また、母のおじは画家で、フランスを代表する画家・ピエール・ボナールに師事し、二科会の審査員も務めていたといいます。

母は上に姉、下に妹、弟がいる4人きょうだいです。性格は一言で言えばおおらかです。

女学校には通いましたが、戦争の影響で授業が竹槍訓練に費やされるなど、思うように勉強ができなかったことは心残りだったようです。

母が父・道夫と結婚したのは20歳の時です。保険会社の方の紹介で会って、すぐに結婚を決めたそうです。母が真庭に来てすぐ、家の柿の木に止まった鳶を見て「鷲が来た」と言ったのを聞き、父は本当に驚いたと言っていました（笑）。同じ県内でも津山と真庭では、目にするものが違ったということなのでしょう。

我々、中島の家は、一族の中では本家筋になるものですから、夏休みなどは親戚一同集まって大変です。子供だけで10人以上いて、長い家族は1カ月滞在しますから母は炊事、洗濯で大わらわです。また、父の弟が頻繁にお酒を飲みに来ていましたが、それに対する母の愚痴は聞いたことがありません。

子供の頃の記憶では、寝る前に『次郎物語』（下村湖人・著）を母に読んでもらい、泣きながら寝たことが思い出されます。本当に本はたくさん読んでもらいました。子育ては放任というほどではありませんが、厳しくされたり、勉強をしなさいなどと言われた記憶はありません。

母はご近所の方々とのコーラスに打ち込んでいました。私の同級生に母の印象を聞いても、「コーラス」と返ってくるくらいですから、熱心に取り組んだのだと思います。私から見て母は「清く、正しく、美しく」の精神に憧れているのかなと感じていました。

家には親戚だけでなく、私の友達もよく遊びに来ており、庭のイチジクを食べたり、母がジュースやカレーライスをつくってくれたりと面倒を見てくれました。後に私の同級生が小説のようなものを書いた時には母が登場していましたから、よほど印象的だったのでしょう。

その意味では世話好きな人でもありました。家庭の事情でお弁当を持ってこられない私の高校の同級生の分までお弁当をつくっていました。

さらには、後で知ったことですが彼は音楽を志しており、後に4年制大学から東京藝術大学に移るのですが、母は父と一緒になって楽器を買ったり、オーストリアのウィーン留学の費用を出すなどしていたのです。夫婦揃って、人のためにお金を使うタイプだということです。

本に感銘を受け大学に進学

両親ともに、あまり厳しくなかったこともあってか、私は生意気な少年になっていきました。例えば小学校4年生の時、夜中に出歩いて警察に補導されたことがあります。当時の私は、高校生と一緒になって遊んでいました。不良というよりは、非常に面白い方々で、一緒になって話をしているうちに夜中になってしまうという感じでした。当然、警察から家に電話が行くわけですが父は「うちの息子は変わってるから、放っておいてくれて構いません」と一言。警察の方がそれを聞いて、ものすごく怒っていたことを覚えています（笑）。

高校時代には勉強もせず、本ばかり読んでいました。3年生の時には進路指導もあったはずですが、受けた記憶がありません。1度だけ、11月頃に担任の先生から「おまえは大学に行くのか?」と聞かれて、「放っておいてください。こっちは勝手にやるから」と返したことがあります（笑）。

大学は横浜市立大学に進みました。私が高校3年生時は70年安保で世の中が騒がしい年でした。その年の7月11日、東京地裁で「教科書裁判」で知られる家永三郎さんに対する判決が出るというので、夜行列車に乗って上京しました。残念ながら抽選に外れて傍聴はできなかったのですが、家永さんが勝訴しました。

その後、当時の弁護士会館で報告会が行われるというので参加したのですが、そこでお話できたうちの1人が、横浜市立大学の歴史学者・遠山茂樹教授でした。遠山先生の本をかなり読んでいたこともあり、勉強はしていなかったものの横浜市立大学はいいなと感じて、受験したところ何とか合格できたのです。

地元を離れて、横浜の大学に行くことについて、何か言われたことはありません。ただ、母は折に触れて、下宿に食べ物から何から様々なものを送ってくれました。

地域のDNAを受け継いで…

岡山県真庭で木材の仕事を興したのは祖父でしたが病気で亡くなり、教員を志していた父が急遽、大学を卒業してすぐに後を継いだという経緯があります。

また父のすぐ下の弟は、広島で原爆の被害に遭いましたが、運良く助かり兄弟で経営をしていくことになりました。ただ、祖父と一緒に働いていた人達は若い兄弟とは働けないと、次々に辞めていったそうです。

さらには人に騙されるなどもあって一時は仕事がなくなり、父は近所の川で石を投げるしかやることがない時期もあったと話していました。母と結婚する前のことです。

父はその後、昭和30年代に大手企業の工場に、今で言うフローリングを納入して事業を伸ばしましたが、ほどなく外国産の安い木材に取って代わられたことで、その分野の売り上げはゼロになってしまいました。

そこで昭和40年代に始めたのが集成材（製材した板を乾燥させ、接着した木材）です。ただ、地域の皆さんからは大反対されました。父の同級生や仕事仲間から、「おまえの親父が笑った顔を1年以上見たことがない」と言われたほどですから、倒産するかしないかという厳しい状況だったのでしょう。当時、私は大学生で家を離れていましたが父も、支える母も本当に大変だったろうと思います。

しかし結果的に、第1次オイルショックで物資が足りなくなる中、集成材も使えるかもしれないと思ったお客様が、使ってみたら非常によかったと言ってくださって注文が入り出し、会社は何とか持ちこたえました。

当時の機械が今も残っていますが、そこには大きな字で「日本一の集成材を作ろう」と書いてあります。父は、それだけの思いで取り組んだのです。

家は家業のような形でやってきましたが、私の進路については特段、「継いで欲しい」などと言われることはありませんでした。ただ、どこかで気にしてはいるなとは感じていました。

大学時代、なかなか就職が決まらず、父に「当分、新聞配達をする」と伝えたところ、当時私が住んでいた東京のアパートに父がわざわざやってきて、「うちの会社には若手も少ないし、やってみないか?」と言ってきました。私としては格好も付かないものですから、すぐに岡山には帰らず、1カ月間、北海道などを旅行した後、銘建工業に入って現在に至ります（笑）。

母は、私が家に戻ったのが嬉しかったようで、とにかく私に美味しいものを食べさせようとしていました。

健康には気を遣う母でしたが、97年頃、タバコも吸わないのに肺ガンが見つかり、かなり進行していて手術ができない状態になっていました。そこから3年近く、仕事から退いていた父は母が亡くなるまで面倒を見ました。母の口から「ありがとう」という言葉を何度聞いたかわからないくらい感謝していました。

子供の頃の中島さんと母・将子さん

母は常に、私を信頼してくれていました。怒られることは少なかったのですが子供の頃、私が嘘をついた時には「嘘をついてはいけない」と強く怒られたことがあります。これは私の原点です。そして「人に対しては優しく」と常に言っていました。人としてどう生きるか？ということを教えてくれた母でした。
私は祖父、父、そして岡山県真庭という地域のＤＮＡを受け継いで仕事をしています。
このＤＮＡを次世代に繋ぐべく、今後も頑張っていきます。

ジャパン マリンユナイテッド社長

千葉《ちば》　光太郎《こうたろう》

「『常に冷静であれ、一喜一憂するな』という母の思いを胸に刻んで」

ジャパン マリンユナイテッド社長
千葉　光太郎

ちば・こうたろう
1957年5月宮城県生まれ。82年東北大学工学部卒業後、日本鋼管（現JFEスチール）入社。2002年ユニバーサル造船（現ジャパン マリンユナイテッド）転籍、13年ジャパン マリンユナイテッドに転籍、16年常務執行役員呉事業所長、17年同経営企画部長、18年4月社長に就任。

病床の父を内職で支えた母

私の母は名前を俊子といいます。元々の姓は千田ですが養女に出ており、千坂という名字になりました。本人は昭和元年と言っていましたが、正確には大正15年（1926年）の8月、宮城県宮城郡泉村（現仙台市泉区）に6人兄妹の3女として生まれました。

母の実家は、仙台に700年代にできた洞雲寺という曹洞宗の歴史あるお寺です。1歳8カ月で母親を亡くし、小学校に上がる時に父親から「親戚のところに行くか？」と言われ、当時は子供ですから遊びに行く感覚で「行く」と答えて養女に行きました。千坂家は別の家からもう1人、男の子を養子にしており、兄妹となりました。

千田家の方々とも常に交流を持っており、非常に可愛がられて育ちました。私が生まれてからも、千田家にも千坂家にも、折に触れて帰っていたことが思い出されます。歳をとってからも集まりは続いていました。

母の兄は高等工業学校で土木の勉強をした後に宮城県庁に入りましたが、後に独立して測量会社を興しました。母はこの伯父から非常に強い影響を受けて育ちました。伯父が非常に読書家だったこともあり、母も「文学少女」で、教養を重んじる面がありました。仙台市内の教員養成学校の家政科を卒業した後は、伯父の経営する測量会社を手伝っていました。

母が父・龍太と結婚したのは1955年（昭和30年）、父が40歳、母が29歳と、当時としては遅い結婚でした。母は引っ込み思案なところがあり、それまで恋愛らしい恋愛もしていなかったようです。

その上、4、5回あったお見合いを全てお断りして、千坂の母から「あなた、いい加減にしなさいよ」と怒られたと言っていました（笑）。最終的に父とお見合いをし、「誠実そうな人だ」と感じて結婚に至りました。

父は仙台第一中学（現仙台第一高校）から仙台高等工業学校（現東北大学工学部）建築学科に進み、卒業後は当時の国鉄に務めましたが、結核を患って辞めざるを得なくなってしまいました。特効薬・ストレプトマイシンによって命は助かりましたが、肺は手術によって片方を摘出しており、子供の頃に大きな手術跡をよく見せてもらったことが思い出されます。

病気から回復した後は、国鉄関連の建設会社・仙建工業で建築設計に携わりました。しかし、結核を再発するなど病気には苦しめられ、私の父に関する最初の記憶は入院している姿です。父が入院すると、当然収入が減るわけですが、母は家で設計図をトレースする内職などで家計を助けていました。貧しかったはずですが、母は私にそんなことを全く感じさせないところがありました。

剣道との出会い

家では父、母、父方の祖母、祖母の甥と私の5人で暮らしていました。当時は高度経済成長期でしたし、病気から回復した後の父は1人で設計、現場監督などをこなす忙しい日々。家にいないか、いても持ち帰った仕事をしているような状況です。

同居していた祖母は昔の人ですから母には厳しく接しており、大変だったろうと思います。さらに、祖母は私のことを非常にかわいがってくれたのですが、母が私を厳しく育てようとしても思うようにできなかったと後に言っていました。

祖母の甥はユニークな人で、株で生計を立てていました。ですから家には証券会社の人はもちろんのこと、お金が入って背広を仕立てるとなれば洋服屋さんが来るといった形で、様々な人が出入りをしていました。

私といえば、大人がいつも周りにいる環境の中で、そこに混じって会話をするような子供になっており。母からは「こどな」と言われていました（笑）。

母は小学生の私に「人生なんて、そんなにいいもんじゃない」と言っていました。自分の人生に、あまり大きな期待を持つなというニュアンスだと受け止めましたが、決して悲観的になるということではなく「常に冷静であれ、一喜一憂するな」ということだったと思っています。

母は私を子供扱いせず、1人の人間として接してくれました。ただ、勉強の基本である漢字の書き取りと計算に関しては、私が泣くくらい厳しく指導されました。そして「勉強をしないと苦労をする」ということは口酸っぱく言っていました。

また、母は私に、バイオリンや絵画といった芸術方面の趣味を持たせたいと考えていたようですが、私自身は性に合わないと感じていました。

そんな中、私は体も声も大きかったこともあり、小学1年生の学芸会の劇で『おおきなかぶ』のおじいさん役に指名されました。それが好評だったようで、先生から「千葉君、仙台児童劇団に入ってみないか」と薦められました。これには母も大賛成です。例えば、戯曲『夕鶴』で有名な、女優の山本安英さんが仙台で公演した際、子供役で出演する機会などもありました。

演劇は小学4年生まで続けました。次第に野球の方に興味が移り、友人達とチームをつくったりしていましたが、中学校進学が近づくにつれ、母から「勉強が疎かになるからやめなさい」と言われ、仕方がなくやめることになりました。

その頃から反抗期に入っていましたから、中学に入っても野球がやりたいと言ったのですが許されませんでした。病気がちだった父を見ていたこともあって、炎天下でのスポーツは心配だと言われたのです。

母は文化系のクラブに入ってもらいたかったようですが、小学6年生の時に先生が剣道をやっている人だったこともあり、剣道をやりたいと言ったところ、屋内競技ということで許してもらえました。剣道はそこから大学まで打ち込むことになります。

思い出されるのは中学2年生の時のことです。私も含め、生意気な生徒が集まったクラスでしたが、先生の中に女生徒にひどい言動をしたり、家が貧しい生徒を差別したりする人がおり、みんなで「反発してやろう」ということになりました。

さすがに学校で問題となり、首謀者の母親と、私の母が学校に呼ばれて「こういう問題を起こさないように注意してください」と言われることになったのですが、その時の母の反応は「あなたは何も間違ったことはしていない」というものでした。私自身もそう思って行動したわけですが、母にそう言ってもらえてありがたかったですね。

両親の働く姿が原点に

私が通った中学は仙台一高から東北大学に入るために東北各県から越境してくるような学校でした。当初、成績は最上位クラスではありませんでしたが、剣道に打ち込みつつ勉強も頑張ったこともあり、無事に仙台一高に入ることができ、父の後輩ということで両親とも喜んでくれました。私の人生の中で中学時代が最も勉強した時期でした。

しかし、入学後は反動で、全く勉強をしなくなってしまったのです。周囲も半分以上が浪人して大学に進学するような状況でしたから、高校3年間は剣道に打ち込もうと決めました。

私は母に似て、物事に楽観的で運を天に任せるようなところがあり、1年間浪人して何とか東北大学工学部に入学できました。ただ、その後も剣道まっしぐらで、1年留年したほどです（苦笑）。母には泣かれましたが、父は自分も病気で休んだ経験から「若い時の1年、2年は大したことない」と励ましてくれました。

就職にあたっては、現場で仕事をしたいと、重工系や自動車メーカーを回り、日本鋼管

（現ＪＦＥ）に入社しました。建設会社で現場の人たちと仕事をする父と、それをサポートする母の姿を見て、子供心に「いいな」と感じており、それが原点になっています。

母は２００８年に81歳で亡くなりました。この間、鉄鋼や造船の再編もあり、そのこと自体も心配していたかもしれませんが、何よりも心配していたのは私の人間関係です。

母からは誰に対しても間違っていると思えば物申す性格だと思われていたようで、その点はいつも心配しており、母は亡くなるまで「とにかく人に嫌われないようにしなさい」と言っていました。これは私自身も気をつけなければいけないと考え、人の話に耳を傾けながら、仕事してきたつもりです。

千葉さんと、母・俊子さん

今、社長として仕事をする上で意識しているのは直接会っていない社員に、いかに私の思いを伝えるか、そして１人ひとりが考えていることを、いかに私が受け止めるかです。これを模索し続け、その時その時に最適な答えを出すことができればと考えています。

三井化学会長

淡輪《たんのわ》　敏《つとむ》

「労組とのやりとりを通じて父が教えてくれた〝人〟そして〝仕事〟への向き合い方が、わたしの人生の指針になっています」

三井化学会長
淡輪　敏

たんのわ・つとむ
１９５１年10月福岡県出身。76年早稲田大学商学部卒業後、三井東圧化学（現三井化学）入社、２００７年執行役員、10年常務執行役員、12年取締役常務執行役員、13年取締役専務執行役員、14年4月代表取締役社長執行役員、20年4月代表取締役会長に就任。

母は入院生活で、父、兄との３人暮らし

わたしを産んだ後、母は腎臓を悪くしてしまい、小学校３年生の頃からほぼ入院生活でした。そのため父、兄、わたしの３人での生活が長く、母よりも父との記憶が強く残っています。

母・衣子《きぬこ》は昭和３年（１９２８年）生まれ。今は柳川に統合された福岡県山門郡三橋町の出身。柳川の杉森女子学園という女子校の先生をしていました。杉森女子学園は父の実家のすぐそばなので、おそらく父が学校に通う母を見初めて結婚したのではないかと思います。

父・博《ひろし》は大正８年（１９１９年）生まれ。太平洋戦争では海軍の航空隊に所属。学校で機械工学を学んでいたため、航空機の整備をまかされていました。ただ、フィリピンでは整備する飛行機すらなくなってしまい、夜間攻撃など、突撃隊のようなこともやったと聞いています。

戦後は地元柳川に戻り、大牟田の三井鉱山で働き始めました。父は結婚後も柳川で暮らし、大牟田に通っていたので、わたしと兄が生まれたのも柳川です。

兄は長男らしく大らかな性格でしたが、わたしは絵に描いたようなわんぱく坊主（笑）。忍耐力がなく、幼稚園でも「みんなでお遊戯なんてバカバカしい」と脱走してしまうような子どもでした。

そのクセが小学校2年生くらいまで抜けなかったので、両親はかなり苦労したと思います。

小学校にあがってからも性格は変わらず、机にじっと座っていられません。自分1人で脱走するならまだしも、友だちを引き連れて山に行ったりするので、先生にこっぴどく叱られることも多々ありました。

ただ、両親に苦労を掛けたという思いはあり、小学3年生頃からは落ち着いていきました。しかし、その頃から、母が入院がちになりました。小さい頃のことなのでよく覚えていませんが、問題児を卒業したのは、もしかしたら、母が入院した影響もあったのかもしれません。

母の入院中は、母方の祖母が住み込みで来てくれたり、お手伝いさんが来て家事を手伝ってくれました。いろんな人がごはんを作ってくれるので、作る人によって食事の味付けが変わり、〝母の味〟を知らずに育ちました。そのおかげか、今でも好き嫌いはほとんどありません。

当初は母の不在に寂しさも感じましたが、まだ子どもだったので、母が入院していた九州大学の病院にお見舞いに行くのが好きでした。都会の福岡へ行くと、田舎にはないアイスクリームを食べられたからです。

母が病弱で不在な分、父は相当苦労をしたと思います。会社も大変な中、わたしたち兄弟をよく育ててくれました。わたしは弟だったので、兄に頼り切っていましたが、兄は長男としてしっかりしなければという責任感があったと思います。

わたしにとっても安心して頼れる存在が2つ上の兄だったので、非常に仲の良い兄弟でした。母も兄弟仲が悪いのを最も嫌がったので、その意味では親孝行をできたと思います。

中学、高校は兄と同じ学校に通いました。2人とも大学は東京だったので、父の経済的な負担を少しでも減らそうと、一緒に暮らしていたこともあります。

兄は理系で東京農業大学に進学、わたしは文系で早稲田大学に進学するなど、生き方はまったく違う兄弟でしたが、2人でいると会話が絶えず、わたしも何か悩み事があると何でも兄に話していました。

父は炭鉱という過酷な現場で生きていたので、父の姿を見て、子どもながらに「大した親父だな」と感じていました。

社宅に住んでいた頃は、社宅が2つに分断されるような殺伐とした状況も経験しました。そういう中でも、父は肚が座っているというか、物事の捌き方に度胸がありました。父は鉱山の機械を担当していたので、鉱員が直接対峙する相手ではなかったのですが、1960年（昭和35年）の三池争議では全社員が労務屋みたいな状況だったので、労組とも非常に激しいやりとりをしていました。たくさんの鉱員が家に押しかけてきましたが、その様子から父が現場の方に非常に慕われていることも伝わってきました。

鉱員の中には落盤事故で亡くなる方もいて、危険な職場だったので、酒の飲み方も激しく、酔うと荒れて鉱員同士で喧嘩を始めたり、酒乱で騒ぐ人もいました。そうした相手でも、父は杯を交わして、最後は一緒に大騒ぎをしていました。

鉱員の方が酔った勢いで家に来ることも多く、そんなときは兄と2人でお酒やつまみを出すのですが、2人で「嫌だな、また酔っ払いが来たぞ」「まだ帰らんぞ」などと言っていました（笑）。酔っ払いを見て「大人って嫌だな」と、兄と一緒にあきれて見ていていたので、「大人になっても絶対に酒飲みにはならんぞ」と言っていましたが、今では、お酒が大好きな大人になりました（笑）。

三井三池争議、爆発事故を乗り越え

父は68歳のとき、胃がんで亡くなりました。がんが見つかったときは、もう手遅れでした。

働き詰めで苦労の多い人生だったので、ゆっくり自分の時間を楽しんでもらいたいと思っていた矢先のことでした。

三井三池争議を乗り切り、「さぁこれから」というときは、戦後最大の鉱山事故と言われる三川鉱の爆発事故（1963年）が起こり、458名が亡くなりました。当時、宮浦、四山、三川という3つの鉱山があり、その1つの三川鉱での爆発事故でした。炭鉱は地下でつながっているので、他の山から救出に入るなど、本当に大変な事故でした。わたしが中学に上がる頃のことで、クラスにも父親を亡くした生徒が何人もいました。生き残った方も、一酸化中毒で800人近い人が後遺症に苦しんでいました。鉱山が中心の町なので、町全体がショックで沈み、悲しみに包まれました。当然、わが家も同じように暗い空気が漂っていました。

小さい頃から、会社での出来事も話してくれる父で、わたしが大人になってからもいろんな話をしました。

父から教えてもらったことはたくさんあります。

例えば、労組と激しくやり合うとお互い感情的に頂点に達してしまうから、「そんなときはちょっとした冗談を言って、場を和らげるようなことが大事だぞ」と。そうすると、自分もリラックスできるし、発想の転換にもなるからです。

わたしも交渉事など緊張した場面では、最初にアイスブレイキングのような話を入れるようにしています。

お互い激してきたら、それをいったん冷ますような余裕が必要ということですね。わたしも社会人になり、ユーモアで場を和ませることの大切さを実感する機会がたくさんありました。

また、誠意をもってきちんと話をすれば、相手にもそれが伝わるということも父から教わりました。相性もあるので、それを克服するのは大変なことですが、基本は粘り強く誠意をもって話をすれば、何とかなる。何とかならないことのほうが少ないだろうと思っています。

それから、父は「異動するときは、左遷されたと思え」とも言っていました。周囲は色々言うけれど、左遷されたと思って、もう1回やり直す気持ちで仕事をすることが大事だぞと。

母は入退院を繰り返し、84歳で亡くなりました。ずっと柳川に住んでいたので、父の他界後、東京に来ることを提案したのですが、親戚も友だちもいるから柳川を離れたくないと、最期まで柳川で過ごしました。

その意味でも、母は芯が強く、優しく、人に気を遣う女性でした。結婚してからは学校を辞めて家庭に入りましたが、「ああしなさい、こうしなさい」と言われたことはありません。子どもに苦労をさせているという思いもあったのかもしれません。入院中で体調が悪い中、運動会に応援にも来てくれました。

両親、そして兄も、人への気遣いのある優しい家族でした。わたしも、そうした姿勢は見習わなければと思ってい

左から父・博さん、淡輪さん、母・衣子さん、兄

ます。

母は病弱でしたが、できる限りのことをしてくれました。父を亡くしてからも自分の生き方を貫くなど、子どもながらに両親2人とも「見事だな」と感じています。

父はわたしの目標でもありました。父の背中を見て、自分も父のような度胸のある男になりたいと思って育ちました。

これからも2人の教えを活かし、会社そして社会に貢献していきたいと思います。

ファミリア社長

岡崎《おかざき》　忠彦《ただひこ》

「ゼロベースで、会社のこれからを考え続けてきた祖母の精神を受け継いでいきたい」

ファミリア社長
岡崎　忠彦

おかざき・ただひこ

１９６９年12月兵庫県生まれ。92年甲南大学経済学部卒業・97年カリフォルニア美術工芸大学（現・カリフォルニア芸術大学）工業デザイン科卒業（美術学士号取得）後、Tamotsu Yagi design入社。２００３年ファミリア入社、06年執行役員、07年取締役執行役員、11年社長に就任。

幼少期から祖母に着る服をプレゼン

私は東京生まれですが、生まれて6カ月ほどで兵庫県神戸市に移り住みました。当時、母・光子《てるこ》は妹のミサを身ごもっていたのですが、つわりがひどく、実家近くで過ごそうということになったようです。

ですから私は、生後6カ月から祖母で、ファミリアの4人の創業者の1人、坂野惇子《ばんのあつこ》に育てられました。

週末になると祖父母の家に泊まりに行く生活でしたから、気がついたらおじいちゃん・おばあちゃん子になっていたという感じです。また、母方の祖父母が父方の祖父母よりも若かったことで、孫の元気さに付いていける体力があったことも大きかったと思います。

父方は旧岡崎財閥の家だったこともあってか、祖父母と話す時には敬語でした。一方、母方の坂野家は非常にカジュアルでしたから、私としても接し方が違いました。

幼少期から、私は自分で翌日着る服を選んでは、祖母の家に行って「プレゼンテーション」をしていました。すると祖母はそれを見て「ズボンの色が合っていないね」などとチェックをし、私はまた家に帰って別のズボンを持ってくる、といった具合です。遊びの中でコーディネートを覚えることができた、貴重な機会でした。

祖母にはいろいろな服を着せてもらいました。例えば藍染めのシャツは、子供の私からすれば非常に匂いのきついものでした。「何で、こんな匂いがするの?」と祖母に尋ねると「これはヘビよけ、虫よけの効能のある匂いなんだよ」といった知識を教えてくれました。

また、ベビー服にしても、全身をくるむ「カバーオール」タイプを着ていたのですが、足を包まれているのが気持ち悪く、切ってもらったら非常に気持ちよく着ることができたということもあります。

これはある意味で「英才教育」だったと思っています。子供の頃からの積み重ねのおかげで、手触りや匂いで、その素材がわかるようになりました。

私自身は会社を遊び場として育ちました。祖母は忙しく働いていましたが、定時になったら帰るタイプだった祖父の坂野通夫と一緒に週末はそのまま映画を見に行くといった生活です。祖父からは「第一子分」という役職をもらっていました(笑)。

祖父は、私が会社に来ると、「店の電球が何個切れているか数えておいで」、「店にほこりが積もっていないかチェックしなさい」、「ダンボールが真っ直ぐに並んでいるか見てきなさい」など、細かい部分を私に見させていました。祖父母は私に「商売人」になって欲しいと思ってはいたのだろうと思います。

ですから、祖母の仕事に強い興味を持っていましたが、祖父母からは「おまえだけは絶対に会社に入れない」と言われ続けていました。祖母としては「家族は会社には入れない」という思いで仕事をしていたからです。

3代目社長となった父の岡崎晴彦は、元々三和銀行（現・三菱ＵＦＪ銀行）出身で、その後東京計器製作所（現・東京計器）を経てファミリアに入社したのですが、当初は先程の方針もあって入社を許されませんでした。

ただ、父は「会社のために必要な人材だ」という様々な人の判断もあり、当時相談役を務めていた尾上清さん（レナウン社長、会長を歴任）の後押しで入社できることになったという経緯もあります。

デザイナーからの転身

私自身、将来どうしようか?と考えた時に、ファッションだけを勉強するということは絶対にしたくないと考えていましたが、祖母の影響もあってモノづくりには強い興味がありました。子供の頃、会社のイラストレーターの方の横で遊ぶことが多く、その時の会話や、作業の過程に興味を持ち、デザイナーになりたいという思いが膨らみました。

また、高校時代にスペインを訪れた際、ピカソとガウディのアートに出会い、「絶対アーティストになろう」という気持ちが固まりました。スペインの青い空の下での決意は私の原点です。当時は「洋服屋は継ぎたくない」という反骨心もありました。

父には「芸術大学に行きたい」と伝えましたが「普通の大学に行って勉強しろ」と猛反対を受け、やむを得ず甲南大学経済学部に進学しました。ただ、祖母からの薦めで夜間にデザイン系の学校でインテリアデザインを学び、昼間はジュエリーデザインや、絵を描いて過ごしたというのが大学生活です。

絵画では賞をいただいたこともあって父も諦めたようで（笑）、その後は応援してくれるようになり、米国の大学にも留学することができたのです。

その後も、会社のディスプレイ制作チームでのアルバイトを頼まれたり、会社の商品審議会の席に呼ばれて意見を求められるなど、「会社には入れない」と言われたものの、私にとっていつも近いところにありました。

米国でグラフィックデザイナーとして活動していた99年にはファミリアの「ロゴ」を巡

って一騒動がありました。創業時のロゴは父が変えたのですが、その時期、再び変更するか否かという検討が行われており、私はデザイナーとして、師匠である八木保さんと一緒に、新しいロゴをプレゼンするチャンスをもらいました。

おそらく、プレゼン会場にいた99％の人が、我々のロゴ案ではなく、自分たちが親しんだ既存のロゴで行きたいという思いを持っていたと思いますが、祖母が「私は新しいロゴが好き」と言ったことで逆転しました。

その時に私が感じたのは、祖母はシビアにゼロベースで物事を考える人だということでした。どんな時にも、自分のやってきたことではなく、これからのことを考えていたのです。どんな仕事をするにせよ、この精神は私も受け継ぎたいと思いました。

米国でグリーンカード（永住権）まで取得したのですが、日本に一時帰国していた際にファミリアの仕事をお手伝いしたのが縁で03年に入社することになりました。祖母は05年に亡くなり、その後、父の体調が悪化していくわけですが、その2年間は3代が共存する面白い時期でした。

父の体調悪化は、父自身も自分がそんなことになるとは思っていなかったはずです。その時に、やはり誰か家族の人間が経営にタッチしていなければ理念を体現できないだろうということで、私が取締役に就きました。父は08年に亡くなり、その後、11年には私が社長に就任することになりました。

もちろん、私はデザイナーでしたから、洋服の会社の経営は門外漢でしたが、勉強したのはそこからです。父が亡くなった分、世の中にたくさん、そういう存在をつくっていこうと「1日に1人社長に会いに行く」という目標を立てました。

ロック・フィールドの岩田弘三さん、アシックスの尾山基《もとい》さん、シスメックスの家次恒さん、フェリシモの矢崎和彦さん、やまとの矢嶋孝敏さん、ミキハウスの木村皓一さんなど、厳しくも温かく、実地でいろいろなことを教えてくれました。

神戸本店開店で母に思いが伝わる

祖母は創業者の1人として、会社のために、みんなのために働いてきましたが、母からすれば1人娘でありながら、幼少期から祖母の愛情を会社に取られてしまったという思いを持っていました。その一方で、会社への愛情も非常に強いものを持つなど、複雑な感情を抱えていたのです。そんな母の気持ちを救ったのは父だったのかもしれないと思っています。

母は、私が社長に就任して以降、常に会社の先行きを心配していました。また、会社の経営には関与していませんでしたが、母は創業第2世代の1人として、ファミリアのあり方に強い思いを抱いていたこともあり、当初は私のやろうとしていることが伝わらなかったようです。

家族写真。左から、坂野雅さん、坂野通夫さん、坂野惇子さん、岡崎忠彦さん、岡崎光子さん、岡崎晴彦さん

しかし、ファミリア神戸本店をオープンした時に初めてわかってもらえました。私達は「子どもの可能性をクリエイトする」を理念にしていますが、社員の頑張りでそれを形にできています。そのことが言葉ではなく伝わったことが嬉しかったですね。

私は経営をする中で、常に何かやらなければならないことが先にあるような気がしています。「使命」が決められていて、そこに向かって生かされているような感覚があるのです。

リンクアンドモチベーション会長

小笹《おざさ》　芳央《よしひさ》

「『あんたは大器晩成型だから』という母の言葉から、真面目に努力することの大切さを知りました」

リンクアンドモチベーション会長
小笹　芳央

おざさ・よしひさ
1961年大阪府生まれ。早稲田大学政治経済学部卒業後、リクルート入社。組織人事コンサルティング室長、ワークス研究所主幹研究員などを経て、2000年リンクアンドモチベーション設立、代表取締役社長就任。13年より代表取締役会長をつとめる。

家庭の教育やしつけは母の仕事

わたしは父・熊蔵、母・竹子のもと、1961年（昭和36年）に大阪市阿倍野区で生まれました。父は昭和3年和歌山県生まれ、母は昭和7年徳島県生まれということで、母が29歳の時に生まれたことになります。

両親は共に地元の尋常小学校を卒業し、大阪に出てきて若い頃から働いていたそうです。父は和食の板前をしており、板前をしていた料亭で仲居だった母と出会い、結婚しました。

我が家は両親と9歳上の姉、長男のわたしと2歳下の弟という5人家族。わたしが生まれた頃の実家は4畳半一間で、トイレも炊事場も共同のアパートでした。弟が生まれてからは三軒長屋の真ん中の家に移りまして、長屋ですが2階建てだったのでちょっとは広くなったなと思ったものです。

ただ、後に父が亡くなってから家を相続したのですが、8坪しかない狭い場所でしたので、今から考えたら、よく5人も住むことができたなと思います。

それくらい狭い家でしたから、母は掃除がてら、箒をもって「外へ行ってきな」とよく言っていました。実際、わたしも居場所が無いので、よく外に出て遊んでいました。友人の家に行くと、車があったり、立派なガレージがあったりして、非常にうらやましく感じました。

わたしは野球少年で、巨人の長嶋茂雄選手に憧れて育ちました。長屋のお隣がお好み焼き屋さんで、よくお隣のお好み焼きとご飯を食べてから野球をしに行ったものです。

当初は家に電話が無かったので、お好み焼き屋さんの電話をお借りして、電話をつないでもらっていました。それが小学校に上がってからは家に電話がきたし、カラーテレビもやってきたということで、まさに日本の高度成長と共に我が家も生活が便利になっていきました。

わたしは学芸会の司会をかって出たり、野球でも投手でキャプテンをやったりしました。いわゆるリーダータイプというか、ガキ大将でした。父は板前ですから寡黙な職人気質でしたし、姉や弟もリーダータイプではなかったので、今思うと不思議な感じはします。

父は仕入れがあるので朝5時とか、5時半には家を出て行っていました。夜9時にはもう寝ていたので、父とはあまり会話をしませんでした。だから、家庭の教育やしつけは母の仕事。もっぱら勉強は姉に教えてもらっていました。

　母は放任主義というか、あまり勉強しろと言うことはありませんでしたし、基本的に自分で決めたことは何でも好きなようにやらせてくれました。小学校までは野球一筋で、中学校からはラグビーに打ち込みました。

　ただ、心配性なところはあって、「あんたは公務員にむいている」とよく言われました。おそらく安定した仕事についてほしいと思っていたのでしょう。ですが結局、当時ハードワークで有名だったリクルートに入社し、その後は独立もしましたので、母の希望通りの道には進みませんでした。この時も何も言われませんでしたけど、内心、母は相当心配だったと思います。

チャキチャキした大阪のおばちゃん

　母はチャキチャキした大阪のおばちゃんのような感じ。モノを無くしたりすると、「探して来な」と言って怒られましたし、夕方6時の門限を過ぎると家に入れてくれませんでした。だから、わたしは家の前でワンワン泣いて、近所のおばちゃんたちに助けてもらっていました。

母はなぜかいつも着物を着ていて、授業参観も着物でやってきました。周りのお母さんは普通の洋装でしたから、子供心にかなり恥ずかしかったです。

毎年、お盆の時期になると、父の実家の近くにある和歌山の白浜に海水浴に行くのが楽しみでした。姉は9歳も離れているので喧嘩はしませんでしたが、弟とはしょっちゅう喧嘩しました。弟に問題がある時でも、母は「あんたはお兄ちゃんなんやから」と言って、わたしだけを怒るのですが、これには正直、不満たらたらでした（笑）。

母の口癖は二つあって、一つは「とにかく人に与えなさい」と。あの頃は大阪の阿倍野という場所柄、よくホームレスのような人たちが家に来て施しをもらいに来るのです。そういう時も、母は嫌な顔せず、毛布を与えたり、食事を与えたりしていました。

もう一つは、「あんたは大器晩成型だからじっくり構えておきなさい」ということです。何度も言われるものですから、わたしも何か暗示にかかったかのように、「そうか、自分は大器晩成型なんだ。真面目にやっていれば、いつか成功するんだ」と思うようになっていました。

同様に、母は弟には「あんたは若いうちから人の上に立つで」と言っていて、弟は一時期かなりグレたりしたのですが、結果的に20歳の若さでリフォーム会社を立ち上げ、今も頑張っています。
当社の名前を決めるにあたっても、母の影響があります。わたしはもともと、人のやる気を表す〝モチベーション〟に加え、組織と人とのつながりを示す〝リンク〟を社名に入れようと考えていまして、母に聞いたのです。母は姓名判断や画数にこだわりを持っていたので、「お母ちゃん、会社名がカタカナでも画数は関係あるの？」と聞いたら、「関係あるで、当然や」と言われました。そこで「智・仁・勇をもって大業を成す」という大変縁起の良い画数を持つ「リンクアンドモチベーション」と名付けたのです。
母は本当に画数を気にする人で、わたしが子供の頃、ちょっと悪さをすると「あんた、ええ画数付けたんやから、人生捨てたらあかんで！」とよく怒られましたし、わたしの子供が生まれた時も画数にはものすごくこだわっていました。

両親に感謝！

わたしが小学校に入るか、入らないかの頃に、母と2人で街に出掛けたことがありました。その帰り道の地下鉄で、運悪くタイミングがずれて、母は電車に乗ることができたも

の の、わたしだけホームに取り残されたことがありました。

当然、わたしは母が心配して戻ってくるだろうと考え、その場に居続けました。ところが、30分くらい待っても母は戻ってきません。この時、わたしは心配してくれた駅員さんに事情を話して、やっとのことで家に帰ることができたのですが、母は普通に家にいるのです。

すると母は「次の電車に乗ってくると思ったから、こっちも待ってたんやで」と言うので、わたしは本当に面喰らってしまいました。当時の大阪ですから、母は自分たちが過保護に育てなくても、社会が救ってくれるというか、近所のおじちゃん、おばちゃんが助けてくれると信じていたようです。

かつては子供たちが悪さをすると、カミナリオヤジのような先生や近所のオヤジがガツンと叱ってくれる風潮があって、地域社会が一体となって悪さを制御するようなところがありました。ところが残念ながら、今はそういう風潮がなくなり、コミュニティーというか、社会の一体感が失われています。

家庭ではお父さんの権威が無くなり、お母さんの言いなりになるだけ。学校の先生も生徒を怒ると親が飛んできて怒鳴られてしまうような世界ですから、今は昔のオヤジのような一種の〝権威〟が無くなり、制御できない状態になっています。だから、今の子どもたちは社会に出てから上司や顧客との向き合い方が分からない本当に生き辛い時代だと思いますし、何とかしないといけないと思います。

父は64歳、母は69歳の若さで亡くなりました。わたしもだんだん両親の年齢に近づいてきて、近頃思うのは感謝です。

昭和41年、小笹さんの生き方や会社名にまで影響を与えたお母さんと共に（左下が小笹さん）

部活動や進学、そして就職といった人生の節目において、両親が自分たちの考えを押し付けてくることは一度もありませんでした。わたしの意思を常に尊重し、結果にも自分で責任を持てということで、自由にやらせてくれました。その意味では、両親には感謝しかありません。

生きている間は照れくさくて言えませんでしたが、この場を借りて、ありがとうと言いたいと思います。

ザ・キタノホテル東京／ニューヨーク　北野合同建物社長

小池　佳子

「『志を高く持ちなさい。頑張って高みを目指しなさい』という母の言葉に背中を押されて」

ザ・キタノホテル東京／ニューヨーク
北野合同建物社長
小池　佳子

こいけ・よしこ
1957年東京都生まれ。聖心女子大学卒業。北野アームス社長、北野美術館理事長などを歴任。現在、ザ・キタノホテル東京、ザ・キタノホテルニューヨーク、両社を運営する北野合同建物社長を務める。

創業期の父を支えて…

私の母、静子は１９２５年（大正14年）４月16日に東京の市谷加賀町で生まれました。旧姓を宮坂といい、実家は長野県の諏訪で「白作呉服店」を営む大きな呉服商で、地元では知られた家でした。

母の父、私の祖父は次男で、当初長男が家を継ぎ、貴族院議員などを務めていましたが、母が小学校高学年の頃に急逝、祖父が家督を継ぐ為、母も諏訪に引っ越すことになりました。諏訪では諏訪高等女学校（現・諏訪二葉高等学校）に通いました。

その後、母の叔母が熊谷岱蔵《たいぞう》（結核の研究、ツベルクリン反応によるＢＣＧの普及に尽力し、東北大学第７代総長を務めた）に嫁いだ縁から、その自宅に下宿させてもらい、宮城県立女子専門学校（現・東北大学）に通っていました。叔父熊谷岱蔵は朝５時からドイツ語を勉強する人で、母も規律正しい下宿生活の中で熱心に勉強したそうです。

父の北野次登《つぐと》（北野建設創業者。社長、会長を歴任）とは上田市の第三木材・島田社長の仲人で見合いをしました。父は学徒出陣で特攻隊に入りましたが、戦後帰還して23歳で建設業を起こし、２人の結婚は、その２年後くらいです。お見合いの場所は諏訪でも一番と言われる「布半」という旅館でした。父はそこで仕事の話ばかりしていたそうですが、母はこの時、「仕事熱心な人だ。この人の役に立つことができたら」と考えたそうです。

結婚生活を送るにあたり、母を迎えるべく、新居は東京都目黒の油面《あぶらめん》に、材木業を営んでいた父方の祖父の協力も得て、買いました。

父の仕事は当初は順調だったようですが、1950年の朝鮮戦争によって資材が高騰、受注した金額では大きな赤字必至という事態に陥りました。それでも父は、実績を積むためにも仕事をやり遂げたいと考え、金策に走り回っていました。

そこで母が目黒の家を手放すことを父に提案します。母は父に「いくらで売ればいいの？」と訊いて不動産屋さんに飛び込み、実際にその金額で売却をしました。そうして2人は東京銀座にある北野建設の社屋の2階に移り住むことになったのです。

しかし、家を売るだけでは資金が足りません。ただ父は実家を頼ると、「長野に帰って来い」と言われてしまうと考えていました。父は東京でチャレンジしたかったのです。そこで母の姉に頼ることとなりました。

母は5人兄弟の次女で、長女は光学機器メーカーの日東光学（現・nittoh）社長の金子定正に嫁いでいました。その縁で日東光学を頼ってお金を借りることができたのです。時代が時代ですから、お金は現金で借りたわけですが、帰りの電車の中では一部を着物の帯と一緒に巻くなど盗られないための工夫をしながら帰ってきたと、母はよく私に話していました。

父は最期まで、この時の恩を忘れませんでした。後に金子定正さん存命中は終生、北野建設の監査役を務めてもらいました。

「仕事はやり続けることが大事」

父は5人兄弟の長男で、北野建設の社屋の2階に住みながら弟達も1緒に下宿させており、常に2、3人は住んでいたので、朝晩の食事とお弁当の用意などは母の仕事になっていました。また、社員達にも、まさに家族同然に面倒をみておりました。

その後、北野建設の事業は軌道に乗り、成長を続けていきますが、母は常に「会社がよくない状態の時は、坂道を転がり落ちるようだけれども、いつかはまた盛り返す時が来る。やり続けることが大事」と言っていました。更に、大変な時ほど夫婦が一致していて一番有意義な時だったとも言っておりました。

父は家で、よく母に仕事の話をしていました。それは母に聞いて欲しいというよりも、誰かに話をすることで考えをまとめていたのだと思っています。母が意見を言うと父は怒るわけですが（笑）、母は本当にいい聞き役になっていました。

父と母は性格も全く異なっていましたから、それもよかったのかもしれません。父は物事に細かく、厳しい人で、母はいつも明るく、少し呑気なところもある人でした。母を知っている人は「あの方が悩んだり、困ったりしていると思ったことがない」とおっしゃっていました。

しかし当然ながら、人間ですから母も様々思うことがありましたし、よく私が相談相手になっていました。外の人には家庭のこと、会社のことは一切言わなかったのです。

私が母を見ていて偉いと感じたのは、常に自分の中の小さな喜びを、最大の喜びにできたという日々の生き方です。例えば着物を買う、歌舞伎を観劇する、歌手の越路吹雪さんのディナーショーに行く、お茶会に行くといったことを、娘である私と一緒にすることで、母の気持ちは晴れていました。私にとってもいい思い出です。

また、母はとても信心深い人でした。神棚や仏壇は必ず毎日、自分で拭き清めて、祈っておりました。

また、父がある華族家の仕事を請け負った際に、代金の代わりにいただいた鎌倉時代のお観音様が、私が物心ついた頃には家にあり、この波切観音様にも母は毎朝お祈りをしていました。これについては、出かける際に父がどんなに急かしたとしても「お祈りファースト」で絶対に譲りませんでした。

今振り返ると、母はどんな苦難があっても、日々の問題があっても、どこかで神様に委ねるという心根でいたのかもしれません。私自身、母の信心深さに影響を受けたと思います。

母と一緒に東京・五反田の薬師寺別院に高田好胤師のお話を聞きに行ったこともありましたし、聖心女子学院には幼稚園から大学まで通ったこともあり、大学時代には洗礼を受けました。宗教は違いますが、絶対的な存在、即ち神様を敬うという点で共通しています。

私は3人姉妹の次女、それに1人の弟という家庭で育ちましたが、生活の中心には父と会社があり、母も、私達も皆、父に敬意を払い、父が過ごしやすくすることを第一に考えていました。子供を中心に据える今の家族観とは全く違いますが、理不尽だと思わず、当たり前でした。

また父は、母が必ず出迎えることから家の鍵を持って出かけたことがありません。母は何時に帰るかわからない父のために、食べようが食べまいが、必ず好きな食事を用意していたのです。夫婦でニューヨークに行く時などは、一つのスーツケースの中に日本食を詰め込んで、現地で母が父に食べさせていました。

両親とも、子供達が好きな食べ物は知っていましたが、その日に何が食べたいかなど、訊かれたこともありません。父は仕事に打ち込み、母は家庭を守る。子供達は学校など自分達のことをしっかりやる、そのことで役割分担が明確でした。

母は会社についても心を砕いていました。創業期には働く人の食事や住む場所など身の回りのことに限らず、また社員の結婚のお世話に加えてその後もそれぞれの家庭の祝い事など始め様々に気を配っておりました。そして何よりも、北野グループの物故者を慰霊するための塔を鎌倉に建てたのは、母の考えによるもので、お彼岸にはグループ各社の役職員と一緒にお詣りしておりました。

母は常に家を綺麗にしていましたし、茶を嗜んでいましたので季節感も非常に大事にしていました。また母自身、書に打ち込んでいたこともあって、床の間の掛け軸や、家に飾る絵などは、折々の行事に合わせて都度、必ず掛けかえていましたし、それに沿って花を生けていました。準備をする母を手伝うことで、私の中にもこの意識は根付いていて、母から受け継いだ有難いものの一つです。

私は今、東京とニューヨークでホテルを運営していますが、そこで過ごされるお客様が心地よく居られるように心を配ることが第一です。その為にはそれぞれの場、空間に相応しい美術品が必須であるというのが私の信念ですが、時節に合わせた書画、彫刻などを飾り、伝統的な「和の心」を体現することを心掛けております。

私は、サンフランシスコ郊外のメンロパークにある聖心の姉妹高校で交換留学生として過ごした経験がありますが、母はその頃から「これからは女性でも事業ができる時代になる。志を高く持ちなさい。頑張って高みを目指しなさい」と私を励まし、背中を押してくれました。父は父で、「佳子が男の子だったら」と周囲の人に話していたそうですが、学生時代から私に仕事を手伝わせましたし、結果的

小池さんの母・静子さん

高校卒業時の小池さん（左）と母・静子さん

に会社を継承することになりました。

母は亡くなる5年ほど前から病気になって、入院生活を余儀なくされましたが、父は灯が消えたように感じたでしょうし、母を心配していました。父が亡くなって3週間後、母も後を追うように亡くなりました。易者の方も認めるほど星回りの相性の悪い2人でしたが、どこかで通じ合っていたのだと思います。

両親の思いを胸に、私にできる精一杯を尽くして、これからもホテル事業で皆様をおもてなしさせていただこうと思っています。

三菱ふそうトラック・バス会長

松永《まつなが》　和夫《かずお》

「教育熱心だった母。結果よりも努力することの大切さを教わって……」

三菱ふそうトラック・バス会長
松永　和夫

まつなが・かずお

1952年東京都出身。74年東京大学法学部卒業後、通商産業省（現経済産業省）入省。2000年資源エネルギー庁石油部長、04年原子力安全・保安院長、08年経済産業省経済産業政策局長、10年経済産業事務次官。12年損害保険ジャパン（現損害保険ジャパン日本興亜）顧問、13年住友商事社外取締役、14年ソニー取締役、中東協力センター理事長、16年三菱ふそうトラック・バス副会長などを経て、17年より現職。

教育熱心だった母。東京の私立幼稚園・小学校へ

自分自身が小さい頃に苦労したこともあり、ひたすら真面目に努力する逞しい女性――。わたしの母・信子《のぶこ》を一言で言い表すと、このような表現が当てはまるように思います。

母は小さい頃から苦労を重ねてきました。母方の祖父は埼玉県の地方農家の出身で、長男ではなかったために家業の農家は継がず、上京して仕事を求めることを余儀なくされました。そんな中で就いた職が官吏。今でいうところの公務員でした。

母は昭和5年に生まれたのですが、母が小学校高学年のときには祖母が他界。数人いた妹・弟の中でも年長者だった母は子供でありながら、母親役として下の妹・弟たちを育てる立場でもありました。母は幼少期から自らが望む教育機会も得られず苦労して育ったのだと思います。

これは父・隆《たかし》にも共通しています。実は亡くなった父も幼い頃に自分の父親を亡くしていました。父方の祖父は東京で会社勤めをしていたのですが、その祖父が若くして急死したため、一家は祖母の実家がある福岡県に帰ったのです。父は3人兄弟の一番下。やはり

父も幼少期から苦労して育ちました。そんな父は東京の大学の夜学を卒業し、母と出会いました。

父と母には小さい頃から苦労を重ねてきたため、「自分たちの夢を実現できずにきた」という共通点がありました。そのため、2人は共に夢を実現させるという思いを子供に重ね合わせたのかもしれません。特に母は「自分は将来社会に出て活躍したい」という夢があったのでしょう。しかし、家庭の事情で自分の夢を叶えることができなかったわけです。

そんな悔しさを抱いていただけに、子供たちにはその夢を託したいという気持ちがより一層強かったのかもしれません。母は何事にも頑張ることがモットーでした。その母の強い思いが形になって現れたのが教育です。

自宅は現在の川崎市中原区等々力にあったのですが、わたしの通った幼稚園は東京・田園調布にある「小さき花の幼稚園」という私立幼稚園でした。地元の幼稚園には通わず、わざわざ電車で通ったのです。

小学生になると、今度は東京・飯田橋にある私立「暁星小学校」に通いました。わたしの家の最寄り駅は新丸子駅。最寄り駅と言っても、自宅から駅まで徒歩で約20分です。その新丸子駅から東急東横線で渋谷駅に出て、山手線に乗り換えて代々木駅。さらに代々木駅で中央線に乗り換えて飯田橋駅まで行く。飯田橋駅から小学校まで徒歩で約10分と、トータルで1時間半ほどの道のりでした。

趣味の昆虫採集は許容

母は少しでも息子を優秀な学校に通わせたいという一心だったようで、低学年の頃は送り迎えもしてくれていました。長い通学時間でしたので、母はわたしに本を読ませるように躾ました。本については贅沢で、世界・日本文学全集や様々な図鑑が揃っていました。

今にして思えば、このときの母の勧め（？）があって、本を読まないと落ち着かない性分になったように思います。今も毎日、床については本のページをめくることがルーティン化されており、もはや読書はわたしの日課に欠かすことができない存在になっています。

母の教育への熱意は強く、わたし自身、それが大きな負担に感じていたようにも思えるのですが、わたしの趣味に関してだけは、母はとやかく言うことは一度もありませんでした。わたしが子供時代に熱中していたのが昆虫採集。家の近くには大きな池があり、川原があり、林もある。トンボ、蝶々、カブトムシやクワガタムシ……。わたしにとっては楽園でした。

動く生き物に対して本能的に惹かれる性格だったのかもしれません。夏休みの自由時間には、勢いよく外に飛び出し、虫たちを追いかけました。オニヤンマの飛行ルートを徹底的に調べ上げ、採りやすい場所を突き止める。子供ながらに学習能力を存分に発揮できました（笑）。

特にわたしが好きだったのが蝶。蝶の花の美しい色彩と鮮やかな模様を見ては心躍らされていました。

母は昆虫採集を趣味にしている友人の息子さんを見つけてきてくれました。そのお兄さんに蝶の本格的な標本づくりの手ほどきも受けました。

採ってきた蝶を展翅板《てんしばん》という板の中央に置いて、羽をピンセットで綺麗に伸ばして形を整え、専用の展翅テープなどで押さえて乾燥させる。まさに本格的な標本づくりです。この趣味は今でも続けているのですが、母が一貫してサポートしてきてくれたと思います。

徹底した時間管理、無駄の排除

さて、そんな母はと言えば、とにかくじっとしていられない性格で、常に何かの作業に取り組んでいました。昔から手先が器用だったこともあり、洋裁などはお手の物。町工場から請け負った内職でも、いつも針と糸を使って小物を作っていましたし、お菓子なども全て手作りでした。そして、毎朝わたしを駅まで自転車に乗せて送ってくれる。よく動く母でした。

そんな動き回る一方で、時間管理にはものすごく厳しい。生活のリズムを大事にしていたようで、規則正しい生活を貫いていました。平日は当たり前ですが、土日や夏休みでも、午前7時には起床、午前8時までには朝食を済ませ、午後3時には昼寝、といった具合に、毎日のスケジュールに一切の乱れがありませんでした。

また、物や食べ物に関して無駄を徹底的に嫌っていました。例えば、人様からいただいた贈答品を包んでいた包装紙。ビリビリに破いたりせずに、セロテープの跡も見えないほど綺麗にはがして保管。さらには、その包装紙を再利用して写真のアルバムを作っていたほどです。

あるとき、わたしが実家の片づけをしていたときに包装紙の束を見つけたのですが、あまりの量に驚いて母に「こんなに残してどうするの？」と聞いたのですが、母は「無駄はいけません」と一言。やはり自分のかつての苦労を思い出すのでしょう。

母から叱られた記憶はあまりないのですが、唯一、母に厳しく指導されたのが兄弟ゲンカ。兄のわたしが弟に勝つのは当たり前。しかし、母からはこっぴどく怒られました。「年長者が年少者を負かしてどうするの！」。

母が「強い者が強さを出してはダメだ」と、わたしに言い聞かせてくれたことをよく覚えています。小さい頃の男兄弟というものは、ケンカは日常茶飯事なのですが、母の言葉を聞いてハッと気付かされたことは良かったと思っています。

共通点の多かった父と母ですが、わたしの進路に関する反応は正反対。父はわたしが新たな役職を得る度に嬉しそうにしてくれていたのですが、一方の母は口には出しませんが、「それくらいのことで浮ついてどうする？　まだまだよ」といった雰囲気を出す。結果より努力することに価値を置いていたように思います。

そんな母の考え方が、わたしにもすっかり染み込んでいるようです。何かを得る、どこかに到達することよりも、そこに向かうために努力することにこそ価値を見出す。苦しい戦前を乗り越え、典型的な中産階級を歩んできた母ですが、勝気・負けず嫌いの性分は存命の今も変わらないように感じます。

いま、私が身を置くトラックやバスといった商用車の世界は「１００年に一度の大変革期」にあります。そんな荒波を乗り越えるためにも、母のように日々の努力に一層の磨きをかけていきたいと思う次第です。

共に苦労を重ねてきた父・隆さん（故人・左）と母・信子さん

イー・ロジット社長

角井《かくい》 亮一《りょういち》

「31歳で起業した父と、それを経理で支えた母。わたしの起業の原点です」

イー・ロジット社長
角井　亮一

かくい・りょういち

1968年生まれ。東大阪出身。奈良育ち。上智大学経済学部を3年で単位取得終了。米ゴールデンゲート大学MBA。船井総合研究所、不動産会社などを経て家業の物流会社、光輝物流に入社。2000年2月イー・ロジット設立、代表取締役に就任。

現トラスコ中山の創業者との出会いが父の転機に

わたしの父・勝美は昭和15年（1940年）生まれで、母・久美子は昭和20（1945年）に生まれ、父がサラリーマン、母が銀行の職員だったときに2人は結ばれ、わたしは昭和43年（1968年）10月25日に東大阪で生まれました。兄弟はおらず一人っ子です。

父の父親（わたしの祖父）はいろいろな事業を行ってはことごとく失敗し、そのため家族は苦労をしたようで、最後には祖父とは音信不通になりました。父は2人兄弟の次男でしたが、長男（わたしの叔父）は大学に行けましたが、弟の父は経済的に大学には行けず、高校を卒業すると富士電機に入社し、暖房器具の販売を行っていました。

父の仕事の当時の取引先の一つに機械工具商社の中山機工商会（現トラスコ中山）があり、創業者である中山注次氏（故人・同社現社長の父親）との出会いが父の転機となります。日本が高度経済成長のまっただ中、父は31歳のときに独立し、光輝物流という会社を起業します。起業の際には中山氏も出資をしてくれて、顧問にも就いてくれたそうです。

父は独立前に中小企業診断士の資格をとり、倉庫業の様々な認可を受けるための資料作りなどを行っていました。父はもともと、倉庫業自体を自分で行う考えはなかったそうですが、現場を見ているうちに、値札の付け替えなどの物流加工業務を倉庫で行えば効率化が図れると考え、それまで外注が持ち出して行っていた物流加工業務を初めて、倉庫の中で行う業態の会社を立ち上げました。これが光輝物流です。当時、この業態は注目され、大手商社の部長クラスの人がよく視察に訪れたそうです。

起業した会社の事業は順調に伸び、父は倉庫で野営をしながら仕事に没頭するようになりました。この仕事を経理として支えてきたのが母でした。

母は旧姓を甲田といい、実家はお米屋さんでした。母方の祖母は皇族だったそうですから、家はそれなりに裕福だったと思います。甲田の本家は医師だったということです。

両親の仕事がこういう環境でしたので、わたしはいわゆるカギっ子で、学校から帰ると家には誰もいませんでしたが、母は夜には必ず帰って来て、食事は毎晩、ちゃんとつくってくれました。

父も時間のあるときはわたしを映画に連れて行ったり、サウナに一緒にいったりしました。また父はスキーが好きで、わたしが物心がついたころからよく一緒にスキーに行った記憶があります。良く行くのは滋賀県の伊吹山です。また年1回は必ず北海道に行っていました。ただ不思議なのは、物心ついてから家族3人で旅行をした記憶がないことです。

必ず父か母か、どちら片方となのです。

母と最初に旅行をした記憶は小学校3年のときのハワイ旅行です。当時流行った8ミリ撮影機で撮ったフィルムが今でも残っています。

倹約家の母は当初、起業に反対

当時の日本人としてはハワイ旅行はとても贅沢だったと思いますが、事業が軌道に乗っていた当時の母のご褒美旅行のようなものだったのだと思います。実際、当時の住まいは2Kの質素なアパートで、それも母方の祖父が持っていたものでした。

母は基本的に倹約家で、何事にも堅実なタイプだと思います。旅客機でビジネスクラスに乗るようになったのも、60歳を過ぎてからでした。最近、母が上京して会いに来るというので、東京の夏はとても暑いから箱根で会うことにしました。会った際に言われた言葉で一番印象に残ったのは「無駄遣いをしてはダメよ」でした。

わたしは父と同じ31歳のとき、独立してイー・ロジットを起業しました。今では両親とも家業を継がなくてもいいと言っていますが、当初、母はわたしの起業には反対でした。家業があるのにわざわざリスクを負うことはない、という考えだったのだと思います。そういうところにも母の堅実な考え方がうかがえます。

また母は、「カン」がとても鋭いというか、「ツキ」に恵まれているところがあります。1995年の阪神淡路大震災が起きる1、2カ月前のことです。急に母が火災保険に入ると言い出し、保険に入ったことがありました。これで震災後にはだいぶ助かることになったようです。また、おみくじクーポンのようなものでも母はよく当たりが出ます。

こういうツキは、わたしにも受け継がれているようで、現地が大雨なのにわたしが到着するときだけ晴れる、といったことがよくあります。

母はわたしが小さいときから、勉学のことを含めて、あれこれ細かく指示するようなことはありませんでした。父もそうですが、どちらかというと放任主義で、何でもわたしの自由にやらせてくれていたと思います。海外留学を含めて、それを経済的に支援してくれたことに改めて、感謝の気持ちでいっぱいです。

母からは厳しく言われたり、怒られたという記憶は全くありません。小さいときに父に怒られて家を飛び出したわたしを、母が探しに来る、ということはあったかも知れません。

母は血液型がAB型、父はO型で、わたしはA型です。AB型は社交的な人が多いそうで、母もいろいろな人と幅広く付き合っています。基本的に性格が明るく、決して人の中心になって皆を引っ張るタイプではありませんが、周囲にいる人をホッとさせるようです。一緒に旅行に行っても、旅先では別行動がいい、と言っているぐらいですから、何につけても気ままが性分に合うようです。

心配性の母から「気配り」を受け継いで

子どもを一人で家に置いておけないからでしょう、たまに両親の仕事場である倉庫に、わたしも連れていかれることがありました。リフトの上げ下げの手伝いをしたことを覚えています。

1970年の大阪万国博覧会にて、両親と。

高校のときは、わたしの友人を倉庫に連れてきて、仕事を手伝ってもらうこともありました。友だちには当然、アルバイト料を払っていたと思いますが、わたしにはお小遣いはありません。というより、高校のころになると、定期的なお小遣いはなくなりました。ただ欲しいものがあれば、その都度、お金をもらうことはできました。

わたしは小さい頃は体が比較的弱いところがあって、母と一緒によく病院に行った記憶が残っています。また小さい頃、アイロンで火傷をしたことがあり、母が慌てたのでしょう、近所のおばさんたちがうちにたくさん集まってきたことが記憶に残っています。

そんなことが多かったので、そうでなくても心配性の母にとっては、何かと心配をかける子どもだったと思います。

最近、あるところで知り合った人から、「角井さんは、光輝物流の角井さんですか？」と聞かれたことがありました。実は、光輝物流という社名を付けてくれた人がいて、わたしが知り合ったその人は、その息子に当たる人だったのです。彼は父親が亡くなったので、お中元お歳暮はもういいですよ、と言っていたのに長いこと、お中元お歳暮が届いていた、と話していました。そういう律儀さ、気配りは母ならではだと思います。

こういうところは、わたしも受け継いでいるようで、よく「角井さんの気配り」ということを言われることがあります。

商売で忙しかった父と母を見て育ったことで、わたしは自然と、起業家、商売人というのは「公私混同」が普通であって、「公私分離」はない、ということが身につきました。

今のわたしの起業家としての原点に、父そして母の存在があるのは間違いありません。

根津美術館理事長兼館長

根津《ねづ》　公一《こういち》

「わたしの開放的で、活発な性格は、間違いなく母親譲りです」

根津美術館理事長兼館長
根津　公一

ねづ・こういち

1950年5月東京都生まれ。73年慶應義塾大学商学部卒業後、東武鉄道入社。77年東武百貨店出向し、その後転籍。82年取締役、87年常務、90年専務、92年副社長、99年社長、2013年会長。現在は東武百貨店名誉会長、根津美術館理事長兼館長、根津育英会武蔵学園理事長などをつとめる。

根津　公一

安田財閥創業者の孫娘

わたしは5人きょうだいで、上に姉が3人いて、4番目のわたしが長男。その下に末っ子の弟がいます。

母は安田銀行頭取をつとめた安田善五郎の三女。安田財閥を設立した安田善次郎の孫娘にあたります。6人姉妹の3番目で、2番目に本当はお兄さんがいたのですが、小さい時に他界したため女性だけに囲まれて育ったそうです。

昔はどこの家系も一人は亡くなった家族がいたと思いますが、母は、母の姉妹は皆、誰かしら一人は子供たちを亡くしているけれども、自分の子供は5人全員生きているということを自慢していました。

実はわたしも幼い頃、乳児に流行っていたメレナという病気で、大量の吐血をしてこの子はもうダメなんじゃないかと思われたそうですが、注射を何本も打ってもらって生き永らえることができたようです。

生死をさまよったということでいえば、母が6歳の時に関東大震災がありました。

今も旧安田庭園というのがありますが、当時、隅田川沿いに安田家の家が連なっていたんですね。ところが、大震災で避難する際に母は家族とはぐれてしまった。それで幼い母が右往左往している時に火災が起きて大旋風が起きた時に巻き込まれてしまい、大やけどを負ってしまいました。

6歳の女の子が両親も誰もいない所でワンワン泣いて、周りにいた大人たちがその辺の水を母の身体につけてくれたそうです。水といっても泥水だったと思うんですが、それを体中にベタベタくっつけて痛みを和らげようと。そんな状態で周りに死体がゴロゴロ転がっている中で、母は一夜を過ごしたそうです。

翌日、もう死ぬかもしれないと思いながら、どこかに逃げようと思って公園を歩いている時に、ふと後ろを振り返ると両親がいた。本当に奇跡のような話なんですが、母は両親と再会して安心したのか、そのまま意識を失って倒れたそうです。

その後、船橋（千葉）の病院に運ばれていったようですが、母の脇腹の辺りにはやけどの跡がずっと残っていました。

母がわたしの父、二代目・根津嘉一郎（根津藤太郎）と結婚したのは昭和16年。母が25～26歳あたりで、昔は20歳前後で結婚する人が多かったですから、母は晩婚といっていいかと思います。ちなみに、その前年に初代・根津嘉一郎（根津氏の祖父）が亡くなっていますので、母は祖父には会っていません。

祖父が山梨から出てきたのが１８９７年、そして１９０６年に現在の根津美術館がある青山へ移ってきました。

当時はまだ赤坂村と言いまして、タヌキやキツネが出る田舎だったと言います。わたしが子供だった頃は、まだ都電が渋谷から新橋まで走っていましたし、本当に静かな住宅街でした。今のようにお店も多くないから、骨董通りは庭のようなもので、よく自転車に乗って表参道に行ったりして遊んでいました。

活発な母と無口な父

母は活発な人で、和弓が趣味。有名な先生のいる道場に通っていたようで、たまたまうちの父も同じ道場に通っていたため、たまに父と一緒に道場に通ったりして、ずいぶん話が合ったようです。

われわれが小さい頃は、夏は必ず海に連れて行ってくれましたし、冬はスキーに連れて行ってくれました。あの当時にスキーをやっていたのですから、やはりお嬢様育ちというか、先進的な人だったと思います。

子供たちが大きくなってからは、和弓をやめて書道や陶芸をやるようになりました。書は結構うまくて、いろいろな先生についていくつか賞をとったりしていましたし、作品もずいぶん残っています。

また、父が根津美術館の館長をやっていたからなのか、陶芸も一生懸命やっていて、日本中の窯元を回ったりして、茶わんや花入れ、壺などをつくったりしていました。

記憶にあるのは、当時、三越あたりでチャリティーの展示会をする時に母が出品するんですよ。そうすると、お知り合いの皆さんが買わざるを得ないじゃないですか（笑）。だから、わたしはいつも申し訳ないなと思って見ていたんですけど、今頃になって、わたしがその料亭に行くと、女将さんが母のつくった器をわざわざ出してくれるんですよ。料亭にとってはおもてなしの一環ですが、わたしは恥ずかしいというか、嫌でしょうがない。だから、わたしは「もう止めてください」と言っています（笑）。

母は自分自身が開放的・開明的な環境で育ったからか、子供たちにも好きなことをやりなさいと言ってくれました。

勉強しろとは一切言わない。その代わり、スポーツでも、趣味でも、勉強でも、どんなことにでもチャレンジして、好きなことを見つけなさいと言っていました。

一方、父は無口で学者のような人でした。酒、たばこは一切やらず、じっと本を読んでいるような人で、一度、父に何になりたかったのか聞いたら、実は歴史学者になりたかったそうです。けれども、男は自分一人しかいないし、曲がりなりにも東武鉄道の社長をやっていたので、好き勝手生きることはできないと考えていたようです。

父は仕事が忙しかったこともあって、子供たちの食事時に父が一緒になることはほとんどありませんでした。早く帰ってきても自分の部屋にこもりっきりだし、一緒にどこか連れて行ってもらった記憶もないし、怒られた記憶もありません。

父について母から聞いた話で覚えているのが、ある日、父の高校時代の親友が来たので、食事をしたり、お酒を飲んだりするのかと思いきや、２人は部屋に入ったまま1～2時間何も音がしない。どうしたのかと思って近づいたら、２人で向き合ってボソボソ話している。それが親友なんだと思って、変わった人たちだなあと思ったそうです。

そういう父でしたから、休日はいつも部屋にこもって本ばかり読んでいる。だから、母は「お父さんは辛気臭くて、本当につまらなくて嫌だった」と言っていました（笑）。

好き嫌いをしてはいけない！

母は2001年に84歳で亡くなりました。父も母を追うように9カ月後に88歳で他界しまして、やっぱり父も母がいなくなって寂しかったのだと思います。

母は「嘘をつくな」とか「相手のことを思いやれ」ということは何度も言っていましたが、特別な口癖のようなものはありませんでした。ただ、わたしが特に印象深いのが、家族みんなを平等に愛してくれたというか、接してくれたことです。

5人きょうだいですから、子供の頃、わたしは母を独り占めしたくてたまりませんでした。一番上の姉は7歳上、弟は1歳下でしたので、皆が母のもとに集まります。ある時、わたしは母に、5人の中で誰が一番好きかと聞いたことがありました。

すると母は「手を広げてごらん」と。手を広げると5本の指があって、母はどれが欠けてもいけないと。だから、5人の誰が欠けてもいけない、全員必要なんだということを言っていて、わたしもすぐに納得しました。

それから、好き嫌いをしてはいけないというのは、わたしの中に印象に残るようになりまして、きょうだいでケンカをしたことはほとんどありません。

幼少期の頃、「活発で優しい人だった」というお母さんと共に

弟（根津嘉澄氏＝現・東武鉄道社長）は父に似て、昔から無口で真面目なタイプです。わたしは母に似て安田の血が濃いようで、活発でおしゃべりだから百貨店の方が好きだった。だから、わたしが百貨店（東武百貨店）の社長になり、弟が鉄道の社長になったというのは、非常に良かったと思います。

わたしは今、根津育英会武蔵学園の理事長も務めています。その中で昨今の教育問題について思うのは、よく「三つ子の魂百まで」と言いますが、子供が3歳になるまでは、しっかりお母さんが肌身離さずコミュニケーションをとるべきだと。コミュニケーションが足りないから、愛情が不足してしまうのではないかと思うのです。

わたしの母は本当に優しい人でした。心の優しいお母さんがもっと増えれば、日本ももっと明るくなるような気がします。

遠藤波津子グループ社長（銀座通連合会会長）

遠藤《えんどう》　彬《あきら》

「お客様の信頼を守り続けてきた母の姿勢を受け継いで」

遠藤波津子グループ社長（銀座通連合会会長）

遠藤　彬

えんどう・あきら

１９４３年東京都生まれ。慶應義塾大学商学部在学中、米ブリッジポート大学に留学。卒業後、札幌テレビ放送入社。73年遠藤波津子美容室入社、常務取締役。93年代表取締役社長に就任。これまで東京銀座ロータリークラブ会長、慶應連合三田会理事などを歴任。現在、全銀座会会長、銀座通連合会会長、Ｇ２０２０委員会委員長を務める。

苦労している様子を見せない母

当社グループの基礎を築いた、初代・遠藤波津子は明治時代に米国流美容術を学び、日本で初めて「美顔術」を広めた人物です。1905年（明治38年）には東京・銀座で遠藤理容館を創業し、総合美容室を運営してきました。

私の母・定は1914年（大正3年）6月、3代目の二女として生まれました。旧姓を三浦といいます。母方の祖母・三浦京子は元々、当社の顧客でした。そこから後に初代に師事して美容の道に入り、3代目遠藤波津子を襲名しました。母の祖父は三浦安といい、第13代の東京府知事や宮中顧問官などを歴任しています。母は2代目遠藤波津子（遠藤千代）の長男である父・智三と結婚して美容の道に入り、59年（昭和34年）に4代目の遠藤波津子を襲名しました。

母は東京・龍土町（現・六本木）で育ち、山脇高等女学校（現・山脇学園中学校・高等学校）を卒業しました。父と結婚してからは西久保巴町（現・虎ノ門）の辺りに住んでいましたが、母の兄が胸を病んだため、「都内で空気、水の良いところに」ということで田園調布に家を購入し、移り住みました。私も田園調布で生まれ育ちました。

私自身、自らを振り返ると一言で言えば「マザコン」です。多くの男性は父親との関係は小学校高学年以降、照れ臭さや反抗期にあって微妙なものになっていくと思いますが、私もご多分に漏れませんでした。その一方、母親との関係が強まったのです。

私は母から怒られた記憶がありません。私は地元の田園調布小学校、中学校に通い、この頃は自分で言うのも何ですが真面目でした。ただ、高校で慶應義塾志木高校に入った後から状況が変わります。友人達と遊び回るようになったことに加え、遅刻するようになり、余りに遅刻が多すぎて、母が学校に呼び出される事態になってしまったのです。ただ、母はそのことについて何も言いませんでした。

大学はそのまま慶應義塾に進み、商学部で学びますが、1年が終わった64年（昭和39年）の東京オリンピックの年から米コネチカット州にあるブリッジポート大学に留学しました。当時の日本では海外留学は一大行事で、出発する空港では家族総出で見送ってくれたことが思い出されます。

母との思い出で印象深いのが、私が小学生くらいの頃、包みを抱えた母と一緒に出かけたことです。当時はわかりませんでしたが、母は着物など家のものを売りに行っていたのです。

今から振り返れば事業が厳しい時期でしたし、さらに父が8人兄弟の長男で、両親を早くに亡くしていたこともあり、兄弟達を一緒に住まわせて面倒を見て、大学卒業までの学費も出していましたから、決して家計は楽ではありませんでした。

それでも母は、そうした苦労している様子を一切、表に出しませんでした。着物を売りに行った時も、楽しく買い物に出かけたという感じだったのです。

経営者の心構えを教わって…

米国留学から帰国した後は慶應に戻り、卒業しました。就職先は仲人をしていただいた北海道炭礦汽船（北炭）社長の萩原吉太郎さんから、「札幌に放送局をつくったけど、面白いから行ってみないか？」というお話をいただいて、札幌テレビ放送に入社しました。母はやはり進路選択は私に任せてくれましたが、父は常に、私に実家に入って欲しいという思いを持っていました。札幌テレビでは約5年お世話になりましたが、やはり心のどこかに「実家を継がなければならない」という思いもあって、73年に遠藤波津子美容室に入社することになったのです。

入ってみてわかりましたが、経営実務を指揮していたのは美容技術者のはずの母でした。父はどちらかというと芸術肌で、着物や店舗のデザインなどに注力していたのです。ただ、仕事へのこだわりは2人とも共通していました。ショーウインドウのデザイン一つでも、徹夜をして仕上げるなどしていたのです。

経営のことは母から教わりました。我々は中小企業ですから、銀行を回り、融資の相談をすることがありますが、この担当は母です。その時に母は「銀行の方には『儲かっています』と言いなさい」と教えてくれました（笑）。当時の銀行の支店長は、経営者の姿勢を見て融資を決めていましたから、その重要性を説いていたのだと思います。また、銀行の支店に伺うと、帰る頃には周りの方々が母のファンになってしまうほど、人を引きつける力がありました。

現在、銀座通連合会会長、全銀座会会長を務めていますが、こうした仕事をお引き受けする気質は母から受け継いだものだと感じます。

「遊ぶ時にはケチケチしないで」

また、ホテル、百貨店など法人関係お客様の営業も母が担当していました。各社の経営者の方々に信頼されて、非常に懇意にさせていただいてきました。

お客様の中には社会的地位のある方々もいましたが、そうした奥様方は母に相談事を持ちかけていたようです。しかしその内容は父や私を始め、誰も知りません。母の姿勢はお客様に信頼され、その関係は今も続いています。

しっかり者の母ですが、一方で「遊ぶ時にはケチケチするのはやめなさい」とも教わりました。締める時は締めるけれども使うべきところでは使うということで、メリハリのついた人だったのです。

遠藤さんの母で4代目遠藤波津子を襲名した定さん

母は09年に94歳で亡くなりました。85歳頃までは現役でバリバリ仕事をしていましたし、06年の創業100周年の頃には車椅子ではありましたが元気でした。よかったのは、田園調布の自宅の2階に両親、1階に私達が住んでおり、ほぼ最期の時まで一緒に過ごすことができたことです。

私が母から教わったことをどこまで引き継げているかはわかりません。ただ、いろいろ問題があっても、時間が経てば「必ず明日が来る」という思いで、母のように前向きに仕事に取り組むことを心がけています。

アイペット損害保険社長

山村《やまむら》　鉄平《てっぺい》

「女手一つで育ててくれた母の姿から、働くことの大事さを学んだ」

アイペット損害保険社長
山村　鉄平

やまむら・てっぺい
1975年3月東京都出身。97年立教大学経済学部卒業後、安田生命保険（現・明治安田生命保険）入社。2013年アイペット損害保険入社、14年マーケット戦略部長、14年取締役営業企画管理本部長、16年6月社長に就任。

どんな時にも動じない肝の据わった母

私の母、千代子は１９４４年（昭和19年）、東京都府中市で生まれました。都内の高校、専門学校を卒業した後は、実家が自営業だったこともあって、家業を手伝っていました。その後、父と知り合って結婚します。両親は、１人目に生まれたのが男の子だったこともあって、２人目には女の子が欲しいと思っていたようです。そのため、私は3歳頃まで髪を長く伸ばし、スカートを履いてという形で、まるで女の子のような格好で育てられていました。

その後は、二男だったこともあり、比較的自由に育てられ、母から怒られた経験はほとんどありません。小さい頃の私はいわゆる「悪ガキ」でしたが、母は「それも男の子が通るプロセス」と捉えて、何も言いませんでした。ただ、礼儀作法については厳しかったことが思い出されます。

母は、やはり自営業だった父の仕事を手伝うなどしていたのですが、私が小学校を卒業するか、中学校に入学するかという時期に両親は離婚をすることになります。父が常に仕事で留守がちだったこともあり、当初は「しばらく遠くに行って帰ってこない」と聞かされていましたが、後に正式に離婚したことを知りました。

「山村」というのは父の姓なのですが、兄も私も成長した段階での離婚だったこともあって、母は姓が変わらない方がいいと判断したようです。

離婚後、母は多摩市でスナックを開業し、まさに女手一つで私と、6つ年上の兄の2人を育てることになります。毎晩夜中まで、時には朝まで働く毎日でした。

この頃の母の印象は「肝が据わっている」というものです。私が学生なりに何かトラブルを抱えている時にも、ほとんど動じませんでした。スナックは、その日の売り上げがあるかないかで大きく左右される仕事ですが、その中で我々を食べさせていたことから「頑張れば、どうにだってなる」という自信が母の中にあったのでしょう。

私自身、何かトラブルがあっても、どこかで「どうにかなる」という形で、どちらかと言うと動じない方なので、これは母から受け継いだ気質なのかもしれません。

母は、我々子供に対して、父親がいないことによるマイナスを感じさせたくないと強く思っているようでした。それは経済的にも精神的にもです。そんな中でも何度か、子育てに悩んだのでしょう、「お父さんがいたら……」と泣きそうになりながら話す姿を見たことがあります。

「相手に負けるな」と教えてくれた父

実際に母のおかげで学生時代、私は経済的にも精神的にも、何不自由なく過ごすことができました。このことには感謝しかありません。例えば私は高校から立教に通い、大学まで行きました。高校時代にはラグビーに打ち込みましたが、母はどんなに仕事が遅くとも、必ずお弁当をつくってくれました。

とにかく母は「しっかり食べなさい」と、いつもたくさんの食事を用意してくれました。特に高校時代は異常なほど食べていました（笑）。

ラグビーは私にとって、いろいろな意味で大きな存在です。立教は小学校、中学校から通っている生徒が多く、派閥のようなものがありましたが、高校から入学した私は、厳しい練習を共にしたラグビー部の仲間を通じて、学校全体に仲間をつくることができたのです。

この時期、父が言った言葉は印象的です。離婚後、父とは母や兄ではなく、主に私がコミュニケーションを取っていたのですが、立教に入ったことを報告すると、父は「男子校に入ったなら、絶対相手に負けるな」と真剣な顔で言いました。

実際に入学直後、内部進学の人間とケンカになった時、この父の教えを胸に立ち向かったことで、その後の学校生活が開けたと感じています。父は2019年4月に亡くなりました。

アイスホッケー部での苦しい経験が自信に

大学に進んでからは、新たな競技にチャレンジしたいと考え、体育会のアイスホッケー部に入部しました。当時の立教大学は、スポーツ推薦の選手を取っていない学校の中で最もアイスホッケーが強かったので、未経験でも努力次第で活躍できる環境があることも大きかったのです。

スケート靴を履くのも初めてでしたが、2年生から、得点を取る役目であるウイングとして試合に出ることができました。その過程では、特に冬の合宿で400《メートル》あるリンクを100周するなど仲間と乗り越えた苦しい練習がありました。後にも先にも肉体的にこれ以上苦しい経験をしたことはありませんから、私の中で自信になっています。

就職にあたっては、安田生命保険（現・明治安田生命保険）に入社しましたが、父も母も、そして母方の祖父も自営業だったこともあり、母は私がサラリーマンになったことで安心したようです。

この頃から徐々に時代も変わり、スナックの経営も厳しくなっていましたが、母は我々を頼ることはなく、「自分の給料は自分で使いなさい」と言ってくれていました。

入社して15年ほどたった頃、仲間や尊敬する先輩方が起業をしたり、ベンチャー企業で活躍する姿を見て、私も新たなチャレンジをしたいと考えるようになりました。そこで2013年に、大企業からベンチャー企業であるアイペット損害保険に転職したわけですが、母が心配するだろうと考えて、しばらくの間、転職したことを伝えませんでした。社長になったことも、同じ理由で伝えていませんでした。社長就任後、半年ほど経った頃、私が会食に出ようとしているタイミングで、母から携帯電話に連絡が入った時に「社長になって忙しい」と言ったら驚いていました（笑）。

アイペットで部長、取締役と昇進する過程では母は喜んでいましたが、社長に就任してからは心配が先に立つよ

３歳頃の山村さんと、母・千代子さん

うです。母自身、自営業で代表者としての責任の重さを痛感していたからでしょう。この思いは今も変わっていません。

当社は18年4月に東証マザーズに上場し、「ペットとの共生環境の向上」と「ペット産業の健全な発展」の2つを経営理念に経営を進めています。今は「ペット保険」の普及を通じて社会に貢献していますが、今後はペットを飼っている人も、飼っていない人も、そしてペットも幸せに暮らすことができる社会づくりに寄与できるような事業を展開したいと考えています。そのための「持ち株会社化」も検討を進めています。

社長を務める中で、「心・技・体」の充実が何よりも大事だということを実感しています。その意味で、どんな状況であっても夜、お店に出て働き、女手一つで子供達を養う母の姿を見てきましたから、働くことの大事さは心に刻み込まれていますし、私の糧になっています。

ハイデイ日高会長

神《かん》田《だ》　正《ただし》

「村一番の貧乏な家を支えた母。その後ろ姿から生き方を教わって」

ハイデイ日高会長
神田　正

かんだ・ただし

1941年埼玉県生まれ。日高町立高萩中学校卒業。中学卒業後、本田技研工業などに勤めた後、浦和市（現さいたま市）のラーメン店で働く。73年大宮市（現さいたま市）に5坪のラーメン店「来々軒」をオープン。78年有限会社日高商事を設立し、社長に就任。83年有限会社から株式会社に改組。98年ハイデイ日高に商号変更。99年ジャスダック上場。2005年東京証券取引所二部上場。06年一部上場。09年より現職。

傷痍軍人の父に代わって働く母

１９７３年に中華料理「来々軒」を現在の埼玉県さいたま市大宮区に創業してから45年余り。今では主力業態である「熱烈中華食堂 日高屋」など、首都圏を中心に４００店舗以上を構える一部上場企業になりましたが、創業者であるわたしの原点にあるのは〝母の後ろ姿〟です。

埼玉県の高萩村（現日高市）で生まれた神田家は〝村一番の貧乏〟でした。父・金《きん》重《じゅう》は戦時中、満州で敵から胸を撃たれ、命は助かったのですが、復員後は体調もすぐれず、傷痍軍人で働けなかったのです。父に代わり、母・なかが４人のきょうだいを養ってくれていました。

それでもお金はありません。食事もサツマイモが中心で、ごはんが出てきても7割は麦で、白米は3割でした。住む場所もなくて当初は親戚の家を転々とする日々。やっと自分たちの家が手に入ったと思っても、バラック小屋のようなボロボロの家。小学生時代に授業でお茶摘みをしにクラスで出かけたとき、同級生から自宅を指さされ、「神田の家だ」と言われたときは嫌で嫌で仕方ありませんでした。

その自宅が霞ヶ関カンツリー倶楽部に近かったこともあり、母はキャディーとして毎日5〜6時間働いていました。母は優しい人で怒ったことはありません。おとなしい人でした。

片道30分かけてゴルフ場から徒歩で帰った母は掃除、洗濯、そして夕飯の支度をする。わたしたちが寝るときには針仕事をしており、夜中まで続けていました。家が貧乏で新しい服も買えなかったので、母が破れた箇所を縫ってくれていたのです。

朝になって目が覚めると台所からトントントンと音が聞こえる。母が朝食の準備で大根を切っていたのです。「この人はいつ起きて、いつ寝ているのだろう?」。不思議に思ったものです。そして、このときの貧乏な生活を通じて「これだけ苦労すれば、できないことはない」というわたしの信念にもつながりました。

長男だったわたしは家計を助けるため、中学1年生の頃から働きました。土日、母と同じゴルフ場でキャディーのアルバイトを始めたのです。ここでの経験は後の人生にとても役立ちました。それは、その人がどんな性格が分かるということ。

キャディーは朝9時にお客様と初めて会って4時間くらい時間を共にするわけですが、3〜4番ホールになると、「この人は怒りっぽい」「この人ならチップをくれるかも」と、人を見る目が自然と養われていったのです。これは後に出店する際の不動産オーナーを見極めるときにも役立ちました。ですから、一度も人に騙されたことはありません。

中学校卒業後の最初の就職先は東京・上板橋にある町工場。住み込みだったのですが、職場に馴染めず、2週間で夜逃げよろしく"朝逃げ"して家に帰ってきてしまいました。母は特に小言も言わず、逆に喜んでいました。寂しかったのでしょうね。

15の職業を転々とする日々

そして次に就職したのがホンダの臨時工でした。家から大和町（現和光市）の工場まで通い、大ヒットした「スーパーカブ」の製造ラインで午後7時から朝7時まで黙々と組み立て作業に打ち込みました。一生懸命に働いていた姿を工場長は見てくれていたようで、「正社員の試験があるから受けてみないか」と誘われ、受けてみたら合格。正社員になることができました。

「うちの正がホンダの社員になったのよ」。母は近所に言いふらしていたそうです。それだけ嬉しかったのでしょうが、わたしはというと、飽き性が出てホンダも7カ月ほどで辞めてしまいました。母は寂しそうな表情を浮かべながらこう言ったのです。

「自分の人生なんだから好きなようにやりなさい」

この言葉がわたしの背中を押してくれました。その後もお金を稼ぐためにキャバレーのボーイ、ゴルフのレッスンプロなど20代前半までに15の職業を転々としました。ラーメンとの出会いは大宮でパチンコに明け暮れていたときです。

知人から「浦和のラーメン屋が人を探しているよ」と声をかけられました。ここでラーメンの魅力と商売の面白さを知ることになります。出前から始まってラーメンやチャーハン、ギョーザもつくれるようになり、「これならできる」と思いました。

何より驚いたのはキャベツや肉など〝ツケ〟で仕入れた商品が夜には料理に変わって現金になることでした。これが先行投資の必要な製造業との大きな違いです。すぐにお金が手に入るラーメンに可能性を感じました。その後、常連客から「岩槻（埼玉県）でラーメン屋をやるんだけど、やってくれない？」と持ち掛けられました。

ところが行ってみたらお店は建物の2階。どこかで修業したわけでもないので腕前も大したことがない。お客さんは来ず、お店は潰れました。わたしはすぐに引き上げようとしたのですが、建物のオーナーが「空けておいても仕方がないから、君が自分でやってみたら」と言う。

ただ、待っていてもお客さんは来ない。そこで考えたのが出前。近くに岩槻市役所があったからです。ただ、1人ではできないので弟を呼び、御用聞きをやらせました。これが大当たり。「市民課、ラーメン1杯。土木課がチャーハンとギョーザ」。お昼の注文がどんどん入りました。

さらにお店を午前2時くらいまで開けておくと、今度は夜中のお客さんが次々と来る。岩槻は人形の街。夜遅くまで働く職人さんたちが多く、夜中まで営業しているお店はうちしかない。振り返ると、ラーメン屋を紹介してくれた知人や建物のオーナーとの出会いがなければ、今のわたしはありませんでしたね。

調子に乗ったわたしはオーナーにスナックの経営もお願いされ始めたのですが、これが失敗。借金返済のためにラーメン屋も売却することになりました。ただ、売却したお金で銀行の借金を返しても運よく手元資金の80万円が残りました。

他人に迷惑をかけてはダメ！

あてもなく大宮の繁華街をぶらぶらしているときに目に飛び込んできたのが「貸店舗」の看板。5坪の小さなお店でしたが、ここで「来々軒」と名付けたラーメン屋を始めました。1973年のことです。わたしはなかなか落ち着かない生活を送っていたのですが、相変わらず母は何も言いませんでした。

来々軒は岩槻のお店と同様、夜通し営業。周囲に夜中も営業している店はなく市場独占です。出前も始めると、近くの風俗店で働くお姉ちゃんから注文が次々と舞い込む。あまりの繁盛で1人での切り盛りができず、再び弟に手伝いを頼みました。

「これで商売をやっていける」——。手応えを感じたわたしは京浜東北線沿線にお店を出店していきました。母は「そんなに思い切って大丈夫なの?」と心配していたのを覚えています。

母を最も心配させたのは1度だけ。出店するときには資金が必要になるので借金をせざるを得なかったのですが、妻に連帯保証人になってもらいました。そのときに母が言っていたのは「自分で責任は取りなさい。でも他人に迷惑をかけてはダメ」

その後、商売も軌道に乗り、他人に迷惑をかけることはありませんでした。そして今では時価総額約840億円の会社に成長することができました。わたしについてきてくれた社員のお陰だと感謝する日々です。

母は2013年、99歳でこの世を去りました。言葉を遺すのではなく、母の後ろ姿から

「お金が全てではない」「自分の人生なんだから好きなことをしなさい」「もったいないという気持ちを忘れずに」といった生き方や考え方を学び取りました。

78歳になったいま、そんな母の魂を胸に社員を幸せと豊かな生活を実現することがわたしの目標になっています。

母・なかさんが神田さんの人生に大きな影響を与えた

公益財団法人・ソニー教育財団会長

盛田《もりた》　昌夫《まさお》

「母は中途半端なことを許さない完璧主義者。その徹底ぶりに感心しました」

公益財団法人・ソニー教育財団会長
盛田　昌夫

もりた・まさお
1954年東京都生まれ。78年ジョージタウン大学卒、モルガン銀行を経て、81年ソニー入社。97年ソニー執行役員常務、2003年ソニー・ミュージックエンタテインメント社長、09年同社会長。現在は公益財団法人・ソニー教育財団の代表理事会長をつとめる

盛田　昌夫

親の役目と子の責任

私が生まれたのは東京・世田谷。幼稚園のときに港区、現在の骨董通りのある辺りに引っ越しました。青山といっても当時は周りが骨董屋さんだらけ。まだ都電が走っている時代で、高級住宅街という感じではなく、のんびりとした街並みでした。

我が家の斜め向かいに住んでいたのが、斎藤英四郎（新日本製鐵の元社長で経済団体連合会会長などを歴任）さん。路地の突き当りには日本医師会会長だった武見太郎さんのご自宅があり、今にして思えばご近所にすごい方々が住んでいました。

私はよく、武見さんのご子息の敬三（現在の参議院議員）さんらと新聞を丸めてチャンバラをしました。ボール蹴りをしていたら、斎藤英四郎さんの家の塀を越えてしまい、謝りに行った私に、奥様がおやつを下さったことを覚えています。近くには根津美術館があり、その池でザリガニ釣りをして、守衛さんに怒られたことも。当時は、このように牧歌的な時代でした。

私は家のすぐ近くの公立小学校に通いました。路地の塀を乗り越えれば当時、郵政省の宿舎がありました。通学路ではありませんでしたが、そこを突っ切れば、予鈴が鳴ってから家をでても、本鈴が鳴り終わるまでに学校に着けました。

父・盛田昭夫は『学歴無用論』という本を書いたくらいですから、中学も公立に進む予定でした。ところが6年生になり、小学校の友人に「一緒の学校に行こうよ」と武蔵中学への受験に誘われたのです。すでに12月くらいだったでしょうか。息子が受験だというのにもかかわらず、年始は、前々から予定していたスキー旅行に家族で行きました。母・良子は骨折して、試験について来られませんでしたが、無事合格することができました。

高校2年生で英国に留学したのも、偶然の出来事でした。ユナイテッドワールドカレッジの代表が来日し、駐日大使と面会された際、日本人の生徒がカレッジに居ないことを伝えたそうです。すると大使が、「それならミスター盛田に相談しなさい」とアドバイスされ、代表が父を訪ねて自宅に来られました。すると父が、たまたま家にいた私に「英国行くか?」と言い、私の英国留学が決まったのです。

このように、両親とも学歴には拘りが無く、放任主義という言葉で括られるとそれは少し違うのですが、「自分の人生は自分で決めたらいい」という考え方を持っていました。

要するに、父も母も共通していたのは、親としてチャンスを作ってくれた。そのチャンスを取って、使うか使わないかは子供たちの自由。親ができることはチャンスを与えてあげることであり、それを選んでどういう道に進むのかを決めるのは本人の責任だという考え方でした。これは今、私の子供にも同じことを伝えています。

留学中にも、記憶に残るエピソードがあります。私が夏休みで英国から家に帰ってきた後、父は私に「自分で考えて、一番安い方法でヨーロッパに帰ってみてはどうだ」と言うのです。それで私はいろいろ調べて、横浜からバイカル号に乗り、ナホトカに行き、そこから1週間くらいかけてシベリア鉄道でモスクワに行き、ポーランド経由でベルリンに入って帰ることにきめたのです。当時、ロシアはまだソ連で、ベルリンはまだ東ドイツでした。

そのことを母に話したら、「危ない」とか「心配だ」とか言われるのではないかと思っていました。しかし、母は驚いた様子もなく、「そのルートで帰るのね」と話を聞いてくれました。

私が「これ」と決めたことをいつも大切にしてくれた母。そんな母ですが、後に「横浜の発着場で船にテープを投げて、お前が離れていくのを見るのは寂しいから、船で帰るのは二度とイヤ」と言っていました。母なりに、本当は長旅をしながら留学先に帰国する私を、とても心配していたようです。今は懐かしい思い出です。

本家の嫁に嫁ぐとはどういうことか

母の実家は三省堂書店で、7人きょうだいの4番目。上から6人が女の子で、一番下だけ男の子。昔のことなので、きょうだいは歳が離れていて、長女に子供ができた後に末っ子の男の子が生まれました。ですから、母は家族のために料理をしたり、妹や弟の面倒をよく見たり、子どものころから働き者でした。

そんな母が嫁いだ先が、『ねのひ』で知られる300年以上続く愛知県の造り酒屋。しかも、父は15代目を引き継ぐ長男です。近頃は本家、分家の感覚もそれほどうるさくないですが、当時は祖母（昭夫氏の母）から、本家の嫁に嫁ぐとはどういうことか、厳しく言われたようです。

ご存じの通り、ソニーは井深大さんがモノを作り、父が売るという役目を担ってきました。ですから、父はよく社内外から自宅に人を呼んで、家でご飯を食べたり、話し合いをしたりすることが多かったのです。

我が家には本当にたくさんの人が来てくださいました。マイケル・ジャクソン（歌手）さん、レナード・バーンスタイン（指揮者・作曲家）さん、キッシンジャー（元米国務長官）さんなど著名な方もいれば、井深さんや大賀典雄（元ソニー社長）さん、若いソニー社員や私の友人達が来ることもありました。

そういう時に、お客様をおもてなしするのが母の役目でした。母は、常に完璧を目指す人でした。中途半端が嫌いで、やるならとことんやるタイプ。母はいつも、自宅にお客様を迎えるたびに、記録を残していました。いつ誰が来て、どのような料理を出し、どの服を着ていたのかまで、事細かに書き残していたのです。お客様が次にまた来てくださるときに、その方にとって、どのような方にご同席いただいたらよいかまで考慮し、同じ食事を出したり、同じ服でお迎えしたりすることが無いよう、徹底していたのです。

母はそれくらいお客さまに気を使っていました。要するに、「ここまでやれば十分だろう」というのが無い人でした。自分の狭い範囲で満足しないように、常に、そのときできる最高のおもてなしを提供していたのです。母のことを厳しい人と見ていた方もいたようです。ですが、母は周りに自分のやり方を押し付けているわけではなく、最高のもの、完璧なものを自分自身が目指して実行していたのだと思います。

一方、父は母とは違って、細かいことはあまり気にしないタイプでした。まだ社員が少なかった頃、ソニーの社員を家に連れてきては、夜な夜な鍋をつついていました。皆、モノづくりと議論が大好きで、子供だった私は「大の大人が何をそんなに夢中になっているのだろう?」と思っていましたね。

父がニューヨークに出張に行くと、おもちゃをお土産に買ってきてくれるのですが、私たちきょうだいが触れるのはその日の夜だけ。次の日には会社にもっていき、井深さんと解体して遊んでいる。だから、わたしは会社の井深さんの部屋に行って、父が買ってきたおもちゃを見るのが好きでした。井深さんと父とは、母をもってしても入り込むことの難しい、深い絆で結ばれていたのだと思います。

誕生日などのイベントを大事にする

ソニーが大きくなるにつれ、父は朝から朝食会があったり、夜は財界活動があったりして、なかなか家に帰ってこられなくなりました。わたしだけでなく、兄や妹も海外留学していたため、子供3人を含めた家族5人が一堂に会することも少なくなっていきました。

そのため、母はそれぞれの誕生日を非常に大事にしていました。父母の誕生日には必ず家族みんなが集まるようにしていました。誕生日だけは来年も再来年も、前々から決まっているわけです。だから、どんなに予定が詰まろうとも、その日ばかりは他の予定をいれなければよいのです。私も気づいたら、子供に同じことを言っていますね。

母は2015年に85歳で亡くなりました。いよいよ危ないという知らせを受け、着替えもせず慌てて病院に駆けつけると、母は「あんた、そのジャケットとシャツ合ってないわよ」と言うのです。完璧主義の母には、わたしの格好がいい加減に見えたのでしょう。母はそれから2時間後くらいにこの世を去りました。本当に母は最期まで母らしさを忘れることはありませんでした。

1963年、家族と共に（左から２人目の男の子が盛田氏）

元 通商産業事務次官

小長《こなが》 啓一《けいいち》

「『人に迷惑をかけるな。人のために尽くせ』という母の言葉がわたしの原点になっている」

元・通商産業事務次官
小長　啓一

こなが・けいいち

１９３０年12月岡山県生まれ。53年岡山大学法文学部卒業後、通商産業省（現・経済産業省）入省。大臣官房長、産業政策局長などを経て、84年事務次官。86年に退官し、91年アラビア石油社長。２００３年ＡＯＣホールディングス社長。05年経済産業調査会会長、07年弁護士登録、12年同台経済懇話会代表幹事、12年島田法律事務所入所。現在は客員弁護士をつとめる。

貧しい中でも子供たちに愛情を注いでくれた両親

母が亡くなったのは1997年11月2日。その日、わたしはアラビア石油の社長として2000年2月末に期限のくるサウジアラビアとの利権協定延長の交渉のため、首都リヤドに滞在していた。弟たちから電話連絡を受けた長男のわたしは即座に「わたしは帰れないから、葬儀は身内中心にやってもらいたい」と答えた。迷わなかったのは、子供の頃から母に教えられてきた「人に迷惑をかけるな。人のために尽くせ」という言葉を思い出したからだ。

わたしは一週間後に帰国し、岡山の墓前で積もる思いを報告した。「忙しい中をよく来てくれた。葬儀で会えなくても何時でも会えるよ」とほほ笑んでくれているように感じた。

わたしは1930年、岡山県の和気郡鶴山村（現・備前市）で生まれた。父は岡山師範学校で教諭をしており、性格は真面目一徹。母はそんな父のもとに嫁いだ。前述したように、わたしが長男で、弟が2人、妹1人いて4人兄妹。日本全体が貧しい時代だったが、貧しい中でも両親はわれわれ子供たちに愛情を注いでくれた。

父の仕事の関係で、わたしは生後間もなく岡山市に転居した。わたしは身体が弱く、しょっちゅう風邪をひいていたらしい。母が近くのお医者さんのところに連れて行ってくれたのは、かすかに記憶にある。

母のことで思い出すのは、1937年4月に制服を着て小学1年生として入学式に臨んだ時のこと。母はわたしの手をつないで「服に笑われないように自分のことは自分でやりなさい」と言った。今でも忘れられない言葉だ。

その一か月後、書道の時間に張り切りすぎて失禁してしまった。人前で赤っ恥をかくところを担任の先生が「小長君は硯から水をこぼしてしまった」とその場を取り繕って下さった。今でも忘れがたい思い出だ。

太平洋戦争が始まった1941年、わたしは小学5年生だった。配給だけでは兄弟の栄養は賄えず、自転車で備前の祖母のところに米や野菜をもらいにいった。終戦までは地主だったため、比較的食うには困らなかったが、今の時代とは違って、十分な機械装備も整っていなかったため、田植えなども全て手作業。畑仕事は実に大変な作業だった。

困っている人への思いやり、気配りなどを学んだ

小長　啓一

1944年4月、旧制中学1年修了後、わたしは全寮制の大阪陸軍幼年学校へ入校する。故郷を離れる時、母からは「この先、身の回りをはじめ、全てを自分でやらねばならない。自立、自律でしっかりやりなさい。人様に迷惑をかけてはいけない」と涙ながらに聞かされた。ジーンときたのは言うまでもない。

その後、45年8月の終戦時までの1年半、厳しい訓練、学習、自己研鑽に明け暮れたが、母の言葉をいつも噛みしめていた。この経験が後の人生の培養土になることは、当時としては知る由も無かった。

終戦後、岡山へ帰り、旧制西大寺中の3年生に編入学したが、過労と栄養失調のため肋膜炎を患った。当時、台風と洪水による自然災害と農業改革による人為災害とが重なって、我が家は壊滅的影響を受けていた。踏んだり蹴ったりの状況であった。

そのような厳しい状況下で、半年にわたる療養生活中、母は新鮮な野菜や生卵などの食事や、寝て本が読めるような手立てなど、きめ細かい配慮をしてくれた。おかげで健康を取り戻し、勉強の遅れもかなり挽回できた。困っている人への思いやり、下から目線の気

配りなどを母の日常の行動から学んだように思う。

１９４６年４月、無事に３年生として復学。後に検事総長となる吉永裕介君と同級生となり、その後大学も一緒と相成った。

わたしは学校まで12キロメートルの道を雨の日も、風の日も自転車を漕いで通学したが、よくパンクして仲間の世話になり、友達の有難さが身に染みた。母は栄養摂取と睡眠に気を使ってくれ、何度も小言を聞かされた。

１９４７年４月、旧制第六高等学校を経て、48年６月岡山大学に入学。結果的にわたしを含めて、兄妹４人全員が岡山大学を卒業した。中学では12キロメートルの道のりを自転車で通ったわけだが、大学でも電車に乗る駅までの８キロはやはり自転車で通った。これで体力がついたのは間違いない。

53年３月に同大学を卒業後、４月から通商産業省（現・経済産業省）に入省した。長男は田舎に留まるものという田舎の伝統に反し、父母とも開明的であった。

わたしが東京に向けて発つ時、母は「家のことなんか考える必要はない。お国のため、人のために役立つ人間になりなさい。壁にぶつかったり、どうしようもなくなったりしたら帰っておいで」と言ってくれた。後に、妹から「（わたしを）送り出した後、母は玄関裏で泣いていた」と聞かされた。

通産省では新しいことを毎日学ぶ感じで、多忙の中でも充実した日々を送った。特に1971年7月から74年11月までの3年4カ月、田中角栄氏の通産大臣秘書官、総理大臣秘書官としてお仕えした日々は格別であった。日中国交正常化、日本列島改造、石油ショック対応などで政治のリーダーシップぶりを直接目の当たりにした。しかし、仕事を離れると下から目線で部下の家族のなどに気を遣う人だった。わたしの父や母のこともご心配いただいた。

余談であるが、産業政策局長や事務次官をつとめた50歳前後の頃、結婚式などでスピーチを頼まれる機会があった。わたしはどんなスピーチをしたら新郎新婦を始め、ご列席の方々から喜ばれるかを考え、誰かが書いた随筆からヒントを得て、「梅型人生の勧め」という話をよくさせてもらった。

梅の咲く季節は毎年2月頃。木々がまだ枝ばかりの時期に、寒気をついて咲く花である。梅の花は、人々に春の到来をまっさきに告げてくれる。極寒の中でジリジリ開花の準備をし、太陽のかすかな温もりを感知して蕾を膨らませ、静かに咲く。花が咲くまでは風雪厳しく、人目に付くこともない。

要するに、百花に先んじて春を告げる先見性というのは、百花の先頭を切る一番バッターとしての勇気、フロンティア精神につながるのではないかと。そして、風雪に耐える辛抱。それから、剪定《せんてい》をよくしておけば立派な花が咲く。要するに、切って立ち上がるバイタリティーということ。最後は梅の実は梅干しとなって、世のため、人のために社会奉仕になると。

言い方はいろいろ、場所によって変わるが、このような梅型人生ということをはなむけの言葉として後輩たちに捧げてきた。

新元号の「令和」が梅の和歌に由来することは有名な話だが、先日、知り合いの後輩から昔のスピーチで梅の話をしてもらったという言葉を頂戴し、嬉しく感じたものである。

母の慈しみに感謝！

わたしは通産省を退職後、アラビア石油でお世話になり、20年近くサウジアラビアとクウェートとの交流を続けた。その間に取締役会への出席、利権協定改定交渉などで100回を超える海外出張をこなした。健康面での不安はこれまでの人生で削ぎ落した感じで、改めて両親、特に母の慈しみに感謝する気持ちで一杯だ。

母とはその都度、電話で消息を確かめ合ったが、短い対話は以心伝心であった。母の老いを感じるようになった頃、東京での母を囲む会を計画したが、母からはにべもなく断られた。「そんな時間と資金があったら家族で楽しみなさい」というわけだ。

母が介護施設の世話になるようになってから、地元で母の面倒を見ていた妹夫婦の計らいで近くのホテルで初めて母を囲む会を開いた。

足腰はずいぶん弱っていたが、頭はクリアで「皆に迷惑をかけてすまない。各立場でお国のため、人のために頑張ってくれ」と繰り返していた。これが結局、母の遺言となった。

最後まで母は周りに気を配っていた。わたしも周りの人たちに対して、母のような気遣いができているのか。今でも鏡を見ながら自問自答している。

DIC社長

猪野《いの》 薫《かおる》

「『男は、やるときやらないと』という母の言葉が、ここ一番、わたしを後押ししてくれました」

DIC《ディーアイシー》社長

猪野　薫

いの・かおる

1957年9月生まれ。千葉県出身。81年3月早稲田大学政治経済学部卒業後、大日本インキ化学工業（現・DIC）入社。2005年関連事業・購買物流企画管理部長、08年財務部長、11年資材・物流部長、12年執行役員経営企画部長、14年同経営戦略部門担当、15年常務執行役員、16年取締役、18年1月社長に就任。

猪野　薫

忘れられない父の釣った黒鯛の味

母の静子と父の時雄は、千葉県の農家の出身。２人は隣村で育ったので、親戚縁者の紹介でお見合い結婚をしたようです。

わたしも両親と同じ千葉県で、父、母、４つ上の兄の４人家族で育ちました。

母は働き者で、いつもシャキシャキ動いていました。いつ掃除をしていたのか記憶にないのですが、家の中はいつもきれいに整理整頓されていました。

母は歩いて50メートル程のところにある叔母が経営する自動車部品の販売会社で経理のお手伝いをしていました。

夕方6時頃帰ってくるので、わたしはいわゆる鍵っ子。母が帰ってくるまで犬と遊んで過ごしていました。

ただ、母は幼い頃に母親を亡くし、弟と一緒に祖母に育てられたので、自分の子どもたちには寂しい思いをさせないよう、甲斐甲斐しく家族の面倒を見てくれていたように思います。

小さい頃、わたしは野球少年で放課後はほぼ毎日、野球をしていました。土日も試合に出掛けていたので、その意味では、あまり手の掛からない子どもだったと思います。

父は通産省に勤めていました。近所の方から「子どもに英語を教えてもらいたい」と頼まれて、家で1〜2人に英語を教え始めたところ、教え方が上手だったのか、噂を聞いた近所のお母さんが「うちの子も…」ということで、ピーク時には40人近い生徒がいたと思います。

かなりの人数だったので、机や黒板も用意して、自作の問題集も作って教えていました。そうした塾の手伝いも母がしていました。

昔ながらの日本家屋なので、塾のある日は居間や寝室のふすまを外して教室にしていました。ですから、塾のある日は、生徒が勉強している隅っこで夕ご飯を食べていました。わたしも高校生の頃、塾の手伝いをしていましたが、ボランティアみたいなものなのに父はよくやるなと思っていました。

父は基本的には朗らかですが、怒ると怖く、何か悪いことをすると、よく殴られました。当時は、殴られて育つというのが当たり前で、何発ひっぱたかれたかわかりません。

その意味でも、家では父の存在が絶対的。母もたまに抵抗していましたが、第三者の前では常に父を立てていました。

昔気質の父だったので、わたしにとって、父は反面教師というか、乗り越えなければいけない存在のように思っていました。

よく居間で父と相撲を取っていましたが、中学生くらいになると、父は反則をしなければ勝てなくなっていたので、その頃から、大人としての意識も芽生えていったように思います。

父は釣りが大好きで、しょっちゅう夜釣りに出掛けていました。大体ボウズで帰ってくるのですが、一度だけ大漁で帰ってきたことがありました。

明け方4時半頃、たまたま目が覚めると、父が外で何かやっていたので見に行くと、20匹近い黒鯛やシマダイを近所に配るために一生懸命さばいていました。

その日は、朝6時から鯛の刺身がおかず。高級魚を朝からばくつくことなど滅多にないのでお腹一杯食べました。今でも、その時食べた黒鯛の味を覚えています。

父は釣り好きだったので、夏休みの家族旅行はいつも房総。父は昼間、子どもたちと海水浴をして遊び、夜ごはんを食べ終えると毎晩夜釣りに出掛けていきました。

でも、毎夏、房総だったので、あるとき「たまには海水浴じゃないところに連れて行ってよ」と言ったところ、軽井沢に連れて行ってくれたことがありました。小学5年生頃のことだっと思います。

碓氷峠《うすいとうげ》を家族4人でレンタサイクルでぐるぐる回ったのですが、そのとき、母が短めの黄色いキュロットスカートを履いてきたのでビックリ。「いい年して何やっているんだよ」とからかったのですが、「おふくろ、今日はめちゃくちゃ若いね」とみんなで囃し立てるとまんざらでもない顔をしていました。

軽井沢といえばハイソな避暑地のイメージがあるので、房総に行く時とは異なり、母もオシャレをしたい気分だったのかもしれません。わたしも新しく買ってもらった白のフレアジーンズを履いて軽井沢に行ったのを覚えています。

骨折を乗り越え軟式野球部でリーグ戦優勝

父も母も「勉強しなさい」ではなく、「ひと様に迷惑をかけてはいけない」という教育でしたが、入試のときなど、ここ一番のとき、母からは「男は、やらなければいけないときはやらないと」と激励されました。

母も昔気質なので、父や息子に対しても「やるときはやる」という男性の気質をリスペクトしていたように思います。

わたし自身、地道にコツコツやるよりも、集中して一気にやるのが得意なほうなので「やるときはやらねば」という思いがあります。ずぼらな性格ですが、やるときは、できるまでかなりしつこくやるところがあります。

小学生の頃は積極的というよりも、はにかみ屋な性格でした。

ただ、小学5年生のとき、先生に言われて生徒会長に立候補しました。大勢の前で演説するのが嫌で最初は断ったものの、どうしても…と言われ立候補しました。自分で原稿を考えて演説に臨んだものの、落選。他の候補者はきれいにまとめた原稿をスマートに読んでいて、何とも言えない気持ちになりました。いわゆるトラウマです。

6年生のときも先生に「もう1回立候補を」と言われ、周りからも囃し立てられ、思わず「どうしても嫌だ」と言って泣きだしたことを覚えています。

対抗馬がスマートにやっていることをできない自分に悔しさがあったのと同時に、自分が望んで立候補したわけではなかったのに、という気持ちだったのでしょう。一方で、やると決めたことは最後までやります。その一面が表われているのが野球。

大学では大学生らしくテニスサークルにでも入ろうと思っていたのですが、高校の同級生から軟式野球部（同好会）に誘われ、野球少年時代の記憶が蘇り、入部。中学はバドミントン、高校時代は空手をやっていたので久しぶりの野球。草野球を想定して入ってみると、本格的な部活で先輩や同期は甲子園を目指していた猛者ばかりで、リーグ校の半分が体育会。

そんな中、1年生の夏合宿で〝けんかボール〟という扇形になって罵声を浴びせ合いながらボールを投げるという練習中、厳しい先輩の顔を目がけて渾身の力でボールを投げたときに「ボキッ」。投球骨折だった。完治するまで半年強かかりました。骨はくっついても、長期間のギブスで肘が固まり、曲げるのも困難な状況でした。また、ボールを投げて骨折したので、短い距離を投げるのも相当怖かった。

先輩から「おまえの野球人生は終わったから、もう来なくていい」と言われる中、ただ1人「塁間を投げられるようになったら戻って来いよ」と言ってくれた先輩に励まされ、部活に復帰。

3年のレギュラーシーズンでは法政、明治、慶応を押しのけて秋のリーグ戦で優勝。最下位だった春からの優勝で、わたしもホームランを打ってチームに貢献できました。

春の時点では、キャプテンの交代や4番の降格といった話も出て、部内が殺伐とした時期もありました。でも、今までどおりでいこうというキャプテンの一言で皆が練習に明け暮れた上での優勝。いろんなことを乗り越えての優勝だったので、試合終了後、こらえていた涙が、祝勝会の合間、トイレでキャプテンに会った瞬間溢れ出て、2人で大泣きしたことを鮮明に覚えています。今思うと、なぜあんなに一生懸命になっていたのかわかりませんが、当時の仲間との結束は固い。その意味でも、とても良い経験をさせてもらいました。

母・静子さんと4つ上の兄とピクニックに行った時の1枚。写真中央が猪野さん

「寂しい」と言って泣き出す母

母は81歳で父を亡くして以来、90歳の今も1人で暮らしています。住み慣れた千葉を離れたくないと言うのですが、今まで不義理をしてきた部分もあるので、感謝の気持ちも込めて、これから少しでも長く、母と一緒にいられたらと思っています。

最近、実家に行くと、帰り際、車から「じゃあね、おばあちゃん」と母に手を振ると、母は「寂しい」と言って泣き出します。その姿を見ると、こちらも悲しくなるので、顔は見ずにハグして帰ってきます。

父とは人生を語り合うことはなかったのですが、中学生の頃、「美しいものをちゃんと美しいと言える人間にならないとね」と言っていたのをよく覚えています。物事を素直に見て、それをきちんと表現できる大人になってもらいたいと思ったのかもしれません。その父の言葉と母の「やるときはやりなさい」という教えが、いま社長として社員に伝える「正しいことを正しく行なう」というメッセージにもつながっている気がします。

G&S グローバルアドバイザーズ社長

橘《たちばな》・フクシマ《ふくしま》・咲江《さきえ》

「人様の話に耳を傾け、人様に感謝する母の姿から生き方を学んで」

G&S グローバルアドバイザーズ社長
橘・フクシマ・咲江
たちばな・ふくしま・さきえ

千葉県出身。1972年清泉女子大学文学部卒業。74年国際基督教大学大学院日本語教授法研究課程修了。78年ハーバード大学教育学修士課程修了。87年スタンフォード大学経営学修士課程修了。74年ハーバード大学東アジア言語文化科日本語講師。80年ブラックストン・インターナショナル。87年ベイン・アンド・カンパニー。91年から2010年までコーン・フェリー・インターナショナルにて人財コンサルタント。その間、日本支社の社長、会長を務める。95年から07年まで米国本社取締役を兼務。10年より現職。11年から15年まで経済同友会副代表幹事。02年以降花王、ソニー等日本企業12社の社外取締役を歴任。

母を語る上で欠かせない祖母

今の自分を見てみると、半分は母・田鶴子《たづこ》の影響を受けていると感じます。母は自分から前面に出るような性格ではなかったのですが、どんな人の話にも耳を傾け、悪口はもちろん、決して相手を否定することがありませんでした。

母は5年前に100歳で亡くなったのですが、直前まで頭もしっかりしていて、私の兄夫婦が隣に住み面倒を見ていましたが、日常的には1人で独立した生活をしていました。亡くなる2日前、私と夫（グレン・S・フクシマ氏、米国先端政策研究所上席研究員）と兄夫婦で「大人の正月」を開いたのですが、米国から来た夫と「最近の安倍政権を見ていると…」といった政治談義をしていたほどでした。

この母の、誰にでもオープンで、相手の話をしっかり聞く姿勢がどうして育まれたかというと、それは祖母・さきの影響があると思います。いわゆる明治の女傑だった祖母を、長女として支えたのが母でした。私の残りの半分はこの祖母の遺伝子です。

母を語る上で、この祖母の存在を欠かすことはできません。祖母はとても意思の強い人でした。祖父が海外出張中に発生した関東大震災の最中、家族を女手一つで守り、自宅の庭にテントを張り、近所の数家族を集めて、面倒を見るほどの逞しい女性だったのです。

一方、祖父は18歳の時に熊本県から上京し、明治大学の前身・明治法律学校に通っていたのですが、実家からの仕送りが途絶えたために進学を断念。困っていた祖父に声をかけてくれたのが同郷の先輩でした。

その先輩から勧められて祖父は警視庁巡査になり、熊本の盟主・細川家の門衛として働きながら早稲田大学を卒業し、静岡県の呉服屋の娘の祖母と出会って結婚しました。祖母の家も苦労したようで、呉服屋が倒産して東京に移住。祖母は商業学校で算盤などを勉強し、「横浜火災保険会社」のOLとなりました。

祖父と結婚後も祖母は働き続け、自宅のあった東京・目白から会社のある日本橋まで歩いて通っていたそうです。その後、祖父は別の同郷の方から三菱社を紹介されて転職。同社で祖父は「日本に新しい養鶏と養豚を広げたい」と考えた岩崎久彌さんの思いを実現すべく、千葉県富里村にあった「末廣農場」でサラリーマン人生を始め、会社を辞めた祖母と、橘家の生活が始まりました。

それまで町中で生活してきた祖母は突然農場暮らしをすることになりました。初めは随分戸惑ったようですが、持ち前の積極性で地域に溶け込んだようです。後に祖父は農場長となり、40年間勤めましたが、その間に海外の最先端の農場経営を学ぶため、社命で世界一周の視察に長期間海外出張をすることになり、その出張中に関東大震災が起きたのです。

それでも祖母は先ほど申し上げたように、ひるむことなく、「こういうときこそ皆でまとまって暮らした方が安全だ」と言って農場の従業員家族を自宅に招き、夜は一緒に過ごしたそうです。祖母はとても活発な上に、向学心があって勉強熱心な女性でもありました。加えて実行力も備わっていたのです。

そんな祖母は60代で白内障になり、失明したのですが、計算に強かった祖母は株に投資したり、電話番号も自分に分かる符号にして、何処にでも自分で電話していました。幼い私から見ても、あまり不自由に思えなかったことを覚えています。

「若草物語」の読み聞かせ

気丈な祖母が一度、涙を流したことがありました。私の父・誠《まこと》は橘家の養子。國學院大學で折口信夫《おりくちしのぶ》先生の弟子として「源氏物語」を研究し、長年日比谷高校で古文を教えその後、いくつかの大学で教鞭を執りました。その父が博士号を取得した時には、祖母は「本当に良かった」と涙を流して喜んでいました。

大胆な割には、祖母はとても心配性でした。私が小学生のときに少しでも帰りが遅いと、祖母に言われてお手伝いさんが迎えに来るほど。祖母の心配性は母が小さい頃から身体が弱かったことが一因かも知れません。

母は、父と結婚して子供を授かるのですが、長男、次男を幼少期に亡くしています。とても辛かったと思います。祖母の心配性もそういった出来事があったことも原因の一つだと思います。ですから、3男の兄と私のことも祖母は常に心配していました。しかし、父と母は、そうした祖母をなだめつつ、出来るだけ自由にさせてくれました。

母は東京家政学院に進学し、そこで素晴らしい先生に出会い、勉強の面白さを知りました。本も大好きで、私が小さい頃は「若草物語」を読み聞かせてくれました。この読み聞かせで家族という価値観や人としての信念の大切さを学んだ気がします。

ただ、母は祖母とは対照的な性格で、積極的に人前でイニシアチブをとろうとする人ではありませんでした。むしろ、活発な祖母を尊敬し、「自分に自信がなかった」と言っていましたが、祖母が音頭をとる裏方で、周囲への目配り気配りを欠かさず、祖母の目や手足として活動を支えていました。

人様の行為に感謝する

とにかく人を一方的に判断することのなかった母は子育てに対しても、自分の価値観を押し付けるようなことはしませんでした。声を張り上げて怒ることもなく、子供たちに「〜しなさい」と言ったこともあまりありません。また、私は女の子が欲しいと思っていた父には待望の娘だったようで、可愛がってもらいました。それが後の自分の自信に繋がっていると感じます。後に経済同友会副代表幹事の時に、父の教え子の日本企業の経営者の方々とご一緒できたのも、父の引き合わせのように感じました。

したがって、母から何か具体的な言葉で教わったことはあまり記憶にはありません。むしろ、母の振る舞いや姿勢から自然と人としての生き方やあるべき姿を教えてもらったような気がします。例えば、母は人様がして下さったことにはいつも「ありがとう」と言う人でした。私が仕事が忙しくなり、あまり母に会えない時期には、車に乗る度に、母に電話をかけていました。私の声を聞くと母は喜んでくれたので、電話をかけることは、自分なりの親孝行をしているつもりでいました。

しかし、実際はそうではありませんでした。母が亡くなっても習慣で母に電話をかけようとする自分がいる。そこでふと親孝行ではなく、私が心の安定を母に求めていたのだと気づいたのです。そして、電話する度に母からいつも言われる「ありがとう」の言葉を聞きたくて電話をしていたのかもしれません。

母は常に兄嫁や兄が「～してくれたのよ。ありがたいわ」と感謝していました。それを聞くと、また何かしてあげたくなるという母でした。母は「人が何かをしてくれるのを当然のこととして期待しない」という考えを持っていたようです。だからこそ、人様への感謝を忘れなかった。この経験は社長時代に、大変役に立ったと思います。

私も母に似て、自分に自信がある方ではなく、いつも新しいことに挑戦する時には、誰かに背中を押されてしてきました。米ハーバード大学で日本語を教え、教職を一生の仕事にしようと教育学修士を取得したのですが、友人から経営コンサルティング会社に誘われた時も、日本企業の社外取締役就任の際にも、自信がなく躊躇しました。その時、背中を押してくれたのは夫でした。

経営幹部のサーチ会社米コーン・フェリー・インターナショナルに就職して4年目に創業者のリチャード・フェリーから取締役就任を打診された時も最初は「自分には無理です」と断ったのですが、「咲江ならできる」と背中を押してくれました。

人には多様な個性があります。それらを否定せずに正面から受け止める。そして、人様がしてくださったことに感謝する。「人財」のビジネスに携わる者として、全く異なる祖母と母の両方から受け継いだもののお陰で、今の私があると感じています。

1937年、父・誠氏との結婚式にて

ピップ社長

松浦《まつうら》　由治《よしはる》

「誰に対しても分け隔てなく接する父と母に、
人として大切なことを学びました」

ピップ社長
松浦　由治

まつうら・よしはる
１９５８年４月東京生まれ。84年早稲田大学卒業後、三星堂入社、88年ピップトウキョウ（２０１０年「ピップフジモト」と統合し「ピップ」）入社、89年取締役、98年常務、２０００年専務、01年代表取締役専務、05年社長に就任。08年ピップ副社長、18年１月社長に就任。

まとめ役として誰からも慕われた父

当社の歴史は1908年、創業者の藤本眞次が大阪市に医療用品の卸販売会社「藤本眞次商店」を創業したことから始まります。眞次の弟が、わたしの祖父・松浦良三になります。

良三には3人の息子と1人の娘の計4人の子どもがいて、わたしの父・義二《よしじ》はその長男として生まれました。

祖父の良三は和歌山県高野口生まれ。10代前半の頃、一家で大阪に引っ越してきました。

学校卒業後は、大阪の役所で仕事をしていたようですが、兄の眞次が藤本眞次商店を興したので合流し、1928年、組織変更し、合名会社藤本商店を設立した際、東京支店の責任者として東京神田に移り住みました。

東京支店は表側が店舗、裏側が住居になっていて、父はそこで生まれました。病院は今もお茶の水にある浜田病院で、『ピップエレキバン』のCMに出ていただいた樹木希林さんも偶然同じ病院で生まれたと父から聞きました。

父は会社を経営する一家の長男として、家族のまとめ役を果たしていました。とても仲が良く、絆の強い家族でした。

兄弟みんなで力を合わせて仕事をし、叔父2人も長男である父を頼りにしていたので、6年前に父が他界したときは、叔父たちは口々に「つらい」と言っていました。

会社の経営を分担しながら、同じ目標に向かって進んでいたので、互いを尊重し、足りない部分を補い合いながらやってきたのだと思います。

一族が皆、近くに住んでいたこともあり、松浦家は親族同士で、よく集まっていました。

わたしは一人っ子でしたが、上の叔父には4人の子どもがいたので、兄弟のように一緒に遊んでいました。

今も親戚同士、仲が良く、年に1回は松浦家が一堂に会します。総勢54人になりますが、毎年、海外にいる親族などを除き、42~43人は集まります。

孫の代になったら親族が100人近くなるので、家族対抗の運動会もできるのではないかと楽しみにしています（笑）。

父は、思いやりがあり、誰に対しても分け隔てなく、公平に接する人でした。

父が亡くなったとき、母が「誰にでも慈悲深く神様のような人だった」と言っていましたが、父のことを悪く言う人はいませんでした。お世辞かもしれませんが、お会いする方々から「お父さんにはすごくお世話になった」と言われました。

父は話が上手で、堅い話だけでなく、ユーモアやウィットに富んだ話を織り交ぜ、相手を惹き込み、トップとしての思いを伝えていました。勉強熱心だったので、若い頃、話し方教室に通い、プレゼンテーション能力を身に付けたようです。

実家の地下にある部屋には、今も父が読んだ２０００冊ほどの本が残っています。それくらい本が好きで、若い頃、最寄駅から家までの間に３軒本屋があったので、１軒目で３分の１、２軒目で３分の１、３軒目で３分の１を立ち読みして１冊の本を読み終えると聞いたことがあります。

祖父にとって、わたしは初孫だったので、とてもかわいがってくれました。祖父には11人の孫がいましたが、他の孫たちにとって、祖父はあまり喋らない、怖い人というイメージだったそうですが、わたしは一度も怖いと思ったことがありません。

祖父は隣りに住んでいたので、毎日のように家にやってきたそうです。当時、体調が芳しくなかったそうですが、初孫の顔を見るのが一番のリハビリになっていたようです。

父は両親に対しても愛情深い人でしたが、わたしが一人息子ということもあってか、祖父が初孫かわいさに、顔を近付けると「菌が移るかもしれないから、そんなに顔を近づけないでくれ」とか「触るときは手を洗ってくれ」など心配性な一面も見せていたそうです。

母のハンバーグを食べたくて…

母・崇子《たかこ》は東京の出身。実家は皇室御用達の麹町の履物屋さんでした。

3人姉妹の真ん中で、いろんな習い事もしていたようです。

お茶の師範の資格も持っていて、師匠にあたるお茶の先生に連れられて、松浦家にお茶を教えに来ていました。

ただ、その時、教えていたのは、祖母と2人の叔父と叔母。父は10年近く、大叔父の家に住んで、京都の学校に通っていたからです。

ただ、祖母も含め、家族一同母を気に入り、上の叔父が「お兄ちゃん、素敵な女性がいるから、ぜひ紹介したい」と言われ、会ったことがきっかけで結婚したそうです。

父と母はとても仲の良い夫婦で、会社の行事などにも一緒に顔を出したり、どこへでも手をつないで出掛けるようなおしどり夫婦でした。

母は社長夫人として、父のサポートにも一生懸命でした。

例えば、盆暮れになると、毎日30通近い御礼状を書いていました。

母は字がとても上手だったので、子どもの頃、わたしの字を見て「字が汚い」「ぞんざいね。もっときれいに書きなさい」とよく言われていました。汚い字で書いたつもりはないので、そう言われるのが嫌でしたが、大学生の頃、あるとき「あら、きれいな字ね」と言われたのが逆にとても嬉しかったのを覚えています。あぁ、やっと褒めてもらえたか、という思いでした。

わたしは運動が得意とか、勉強ができる生徒ではなかったのですが、小学生の頃は学級委員をしていました。

中高は一貫教育の自由な校風の学校だったので、先生が休みとの情報が入ると、教員室へ行き、先生の時間割を調整して、「今日は6時間だったけど、5時間になったぞ」とみんなが早く帰れるようにしていました。

ただ、大学進学に失敗したので、母には心配をかけました。辛かっただろうなと思います。でも、そのときも「頑張りなさい」と長い目で応援してくれました。

母はとても料理が上手で、特に洋食系のメニューが得意でした。母の作ったベシャメルソースやカニクリームコロッケは本当に絶品です。

今でもよく覚えているのは、小学5年生の11月25日。

母に「今日の夜ご飯はハンバーグね」と言われ、「よし、ハンバーグが食べたくて楽しみにして塾に出掛けました。塾が終わると母のハンバーグが食べたくて「早く帰らなきゃ」と思い、道路に飛び出してしまい、車にぶつかり、病院に担ぎこまれたことがありました。脳に異常がないか、検査するため、そのまま1ヵ月の入院。その時、母の作ったハンバーグを食べられなかったことが、今でも残念で仕方がありません。

当の本人は、元気で何ともないと思っていましたが、その時も、母は本当に心配だったと思います。

その意味で、母にはいろいろ心配をかけました。それでも、どんな時でも温く、見守ってくれたことに感謝しています。

誰に対しても、分け隔てなく、温かみを持って接する両親だったので、わたしも人として、そうあるべきだと思っています。

父からは、リーダーとして、いかに人をまとめ、惹きつけていくかを背中で教えられました。

印象に残っているのは、わたしが社長に就任する際、管理職を前に20分のスピーチをするときのことです。会社の今後において、重要な意味を持つスピーチなので、わたしが書いた原稿を事前に父と叔父の前で読んで練習しました。

そのときも、父は何も言わなかったのですが、それまでの父の生き方から、相手の琴線に触れる話をすることが大事なのだと改めて教えられました。

写真館で撮った松浦一家の記念写真。前列左から、母・崇子さん、崇子さんの膝の上にいるのが松浦さん、祖父・良三さん、祖母。後列左から、（義二さんの）妹、末弟、父・義二さん、次弟とその妻

また、言葉では何も言わない父の代わりに、叔父が、社長というのは「10年後の組織」「10年後の人事」そして「金融の部分」、この3つをしっかり考えるのが仕事だと言われてきました。

父は総帥として、みんなをまとめてきました。父に代わって今度はわたしがしっかりまとめ役を果たさなければなりません。

一人っ子で寂しいという思いがあったので、わた

しには4人の息子がいます。

会社の展示会があると、子どもたちを連れて行ったり、幼稚園の頃から、何かイベントがあると妻と一緒に出向いていました。アイスホッケー、アメフト、野球など、部活の試合があると夫婦でよく応援に行きました。

二男と三男は同じ中学の野球部だったので、二男が3年、三男が1年の夏、わたしと妻も合宿に参加して、買い出ししたり、先生のサポートをして部員たちのお世話をしたこともあります。

四人四様で、四男は両親が試合を観に来るのが恥ずかしくて嫌だったそうですが（笑）。でも、二男が結婚披露宴の挨拶で「父は試合やイベントがあると、忙しくても必ず観に来てくれた」と言ってくれました。面と向かって言われることはなかったのですが、「あぁ、わかってくれていたんだな」と目頭が熱くなりました。

わたしが、父、そして母から、人として、またリーダーとして大切なことを教えてもらったように、わたしも家族、社員、そして世の中のために頑張っていきたいと思います。

銀座・トマト社長

勝見《かつみ》　地映子《ちえこ》

「常に前向きな姿勢と人に役立つことを母から学ぶ」

銀座・トマト社長
勝見　地映子

かつみ・ちえこ

美容研究家。福島県生まれ。産婦人科での勤務経験を生かした「ふかひれコラーゲン」の開発を機に、２０００年銀座・トマトを創業、社長に就任。09年明治大学大学院グローバル・ビジネス研究科入学。11年同大学院卒業（還暦での卒業は、女性の最高齢記録）。19年生物資源学博士号取得。

「スプレー」で蘇る母の記憶

私の母、ヨシは福島県の会津若松で生まれました。元々、母方の祖母の家は山形県の山形盆地周辺に一大勢力を築いた天童家の生まれで、祖母が嫁いたのが会津武家屋敷だったのです。母は1人娘で、非常に大事に育てられ、江名小町と呼ばれたそうです。

父は地主の次男として生まれ商船大学を卒業しました。当時、父には家同士が決めた許嫁がいましたが、父はどうしても母と結婚をしたいと決めていました。

しかし母の側も武家屋敷の娘ということで、「家柄が違う」と父との結婚を反対していたようです。そこで父は許嫁との結婚式当日に羽織袴姿で母のところに逃げだし、2人は駆け落ち同然に結婚しました。当然、2人は両家から勘当されるわけですが、私の姉が生まれたことで、それが解消されました。

父はいわき市の漁業組合長を務め非常に忙しくしていました。その当時、いわき市のまぐろの漁獲高は日本一でしたが、父はその一翼を担っていました。これは母の支えがあったからこそだと思います。

母は、常に父について人前に出ることが多かったこともあってか、私達子供の前でもいつもお化粧をしていて、ほとんど素顔を見せることはありませんでした。毎朝、私は母が髪につけるスプレーの匂いで目覚めていました。母のスプレーは男性が背広に着替えるのと同様、女性としての身だしなみだけでなく一日の仕事のスイッチを入れるようなものだったのではないかと思います。

この母のスプレーからは女性が社会へ出る、仕事へ向かう、人と会うということはこういうことなんだということを学びました。女性が男性の仕事に口を出すことができない時代に、母は父の仕事のマーケティングと秘書役を務めていました。今でいうキャリアウーマンの走りですね。

また、しつけやしきたりには非常に厳しい母で、例えば家の敷居や畳の隅を踏むと、ものすごく怒られました。

「二度と実家には戻らないように」

私が嫁いだのは、室町時代から続く19代目の御殿医で、親戚中が医師という家系の家でした。義父は「赤ひげ先生」のように患者さんを大事にする人でした。

嫁ぐ前に母から「これからは実家で身につけたルールは忘れて、全て嫁ぎ先のやり方に合わせなさい。そして嫁ぎ先を自分の家と思って、二度と実家には戻らないように」。と強く言われました。

さらに、「結婚生活の愚痴を言いたくなったら、全て私に言いなさい。決して父さんに言ってはいけない」と言われました。母としては苦労をした父に心配をかけさせたくないと考えたのでしょう。父に娘の辛い話を聞かせたくないという思いがあったのだと思います。

私はこの時母から女性の強さ、懐の深さを学びました。

銀座トマトの考え方にも母からの影響が…

私が母を見ていて素晴らしいなと感じたのは、父への愛情です。例えば父が入院した時などは、何とか病院に頼み込んで、一緒に入院していました（笑）。それくらい2人は常に一緒に過ごしていました。

また、「人」を大事にすること、その「人」を見る目を養うことを教えてくれたのも母です。母は気遣いの人で、常に細やかな心配りを忘れなかったのですが、これは私も母の背中を見て学ぶことができたと思っています。

私の子供時代には「百聞は一見に如かず」で、様々な新しいもの、貴重なものを見せてくれたり、経験させてくれたりしました。

母からは色々な生き方を学びましたが、その中でもよく思い出すのは水は液体になったり固体になったり、用途に合わせて変わるものだからあなたも水のように時代に合わせ、形に合わせ柔軟に生きていきなさいということ、いつの時代になっても必要とされる人間にならないといけないよと言われたことを強く思い出します。

これが商品開発のコンセプトになり、今自分が自分のポリシーに正直に生きていくという土台になっています。

また、母は周囲から「ヨシさんに聞けばわかる」と、〝知恵袋〟のように思われていましたが、それは母がたくさんの経験値を持ちたくさんの人と接しながら高木ヨシとしての生き方やポリシーを持っていたからだと思います。

母は私にとっては憧れの存在で、「いつかは私もああなりたい」と思っていました。そしてそうなるにはどうしたらいいのか？と、いつの頃から私は何事にもクエスチョンを持って臨むようになり、いろいろな人の話を聞くようになったのです。

当社の「ふかひれコラーゲン」や「バラプラセンタ」も、そうした観点で開発しました。例えばある時、鮭をいただいたのですが、いくらがお腹にある鮭はいくらに栄養を取られてしまって身はパサパサでした。

妊婦さんも同様に出産という大仕事をしたことでお母さんは赤ちゃんに栄養成分を取られてしまい疲れ切ってしまっているんです。こういった女性のお役に立てるものはないか？喜んでいただけるものはないか？という発想から生まれたのがふかひれコラーゲンでした。

いつでも人の美しさ、美しく生きるというコンセプトにのっとっていろんなことをやってきました。

母・ヨシさんから、様々なことを学んだ

この美しく生きるという母の背中を見て私は育ちましたので、私もいつでも美しくないといけないと思っています。

しかも戦う女性でありながら、守る女性でもあって欲しい。だからいつまでも健康で美しくあって欲しいという願いを持って商品を考えています。

先日、母の墓前でおかげさまでふかひれコラーゲンが韓国ナンバーワンを2年連続で頂きました、あなたの娘が銀座に会社を持ち、博士号も取りましたと報告してきました。

困っている人、世の中のためにお役に立つことをするというのが母から学んだ教えです。また、いつも前向きで、エネルギッシュなところも血筋なのではないかと感じています。

これからも、人のお役に立てる商品づくりを続けていきたいと思います。

元内閣官房副長官

石原《いしはら》　信雄《のぶお》

「朝5時前に起きて弁当をつくってくれた母の優しさ。今も感謝しています」

元内閣官房副長官
石原　信雄

いしはら・のぶお

1926年11月群馬県生まれ。52年東京大学法学部卒業後、地方自治庁（現総務省）入庁。82年財政局長、84年事務次官、87年から95年まで、内閣官房副長官（竹下、宇野、海部、宮澤、細川、羽田、村山の各内閣）を歴任。現在は一般財団法人地方自治研究機構名誉会長をつとめる。

養蚕農家の長男に生まれて

１９２６年（大正15年）11月、わたしは群馬県佐波郡剛志村で生まれました。剛志村は隣町の境町と合併して現在は伊勢崎市になりました。もともとは織物の町で、わたしの実家は養蚕農家でした。

曽祖父が剛志村の村長をつとめたこともあって、真面目な家系と言いますか、父は本当に働き者でした。わたしは７人きょうだいの長男だったこともあり、子供の頃はよく養蚕の手伝いをさせられました。

繭の値段というのは、非常に景気の影響を受けやすいものです。昔は一番の市場がアメリカだったから、アメリカの景気によって繭の値段が左右されます。聞いた話によると、大正末期の景気のいい時に比べて、世界恐慌になった１９２９年（昭和４年）の時には10分の１くらいに値段が下がったそうです。

農家の長男ですから、当時は小学校から小学校高等科を経て、農学校にいって家を継ぐというのが普通のパターンだったのですが、わたしは中学校に行きたかった。当時、旧制中学を受験するのはクラスの１割くらいで、ほとんどが地主などの裕福な家庭の息子たちでした。ですが、家族は農家のせがれなんだから農学校に行けと。

というのも、祖母の実家が尾島町という現在、太田市になっている場所にあったのですが、ここは男の子がいなかったので、祖母の姉が婿をもらうことになりました。このお婿さんが大学出のインテリで、県議会議員になって、農業など見向きもしませんでした。その後、お婿さんは政治にのめりこんで、家屋敷を売り払って落ちぶれたということがあったので、祖母は学校なんか行ってもロクなことはないと。農学校に行けば十分だという思いがあったのです。

それでも、わたしはどうしても中学に行きたいと言って、親せき中の誰からも歓迎されないまま、旧制太田中学校へ入学することになりました。

母は太田市の旧家の出で、裕福な家庭に育ちました。母は割と気が強い女性で、父もそうだったのですが、本人が行きたいならいいじゃないかと。本音では二人とも農学校に行ってもらいたいから、決して「行け」とは言わないのだけれども、そうやって親せきの反対もあった中で、両親はわたしを送り出してくれたのです。

実は太田中学の時、わたしは海軍兵学校の試験を受けました。当時は戦時中ですから、陸軍士官学校か海軍兵学校を受けろと言われるのです。わたしの中では、陸軍士官学校の生徒は汗臭いイメージだったのですが、海軍兵学校の生徒は何となく格好よく見えた。それでわたしは体力に自信があったし、一生懸命に勉強して海軍兵学校の試験に臨んだのです。

ところが、試験の一番初めにあるのが身長の検査。最低でも160センチは必要だったのが、わたしは155センチしかなかった。ですから、わたしは入り口で「はい。ご苦労さん」と言われてしまったのです。

この時は内心、親を恨むわけではないけれども、なんで自分はこんなチビに生まれたのかと。これだけ丈夫な身体を授けてくれたのですから、今はもちろん感謝していますが、当時はそんなことを思いましたね。

言葉には出さずともいろいろ心配してくれた母

父は百姓一筋で一所懸命に仕事に打ち込む人でした。ですから、一家に学歴信仰はありませんでした。ところが、母方には校長先生もいたようで、教育水準も高かったそうです。母の姉は細谷村（現太田市）にある蓮沼家という旧家に嫁ぎました。

全国行脚して吉田松陰らに影響を与えたとされる高山彦九郎（江戸時代中期を生きた尊

王思想家）の本家に姉が嫁いだということで、母もプライドが高いというのとは違いますが、芯の強い人でした。

中学を終えると、わたしは桐生工業専門学校（現在の群馬大学工学部）に進学しました。桐生工専は群馬県で最も難しい学校で、ここを卒業すると中島飛行機で技師になれる。農家を守りながら、中島飛行機の技師になれると思って進学したのですが、戦争が終わって中島飛行機が解体してしまったので、わたしは旧制第二高等学校に入り直すことにしました。

ところが、学校に相談すると、先生方が大反対。自己都合で他の学校に移るというのは、その後、後輩が桐生工専に進学するのに支障が出るのではないかというのです。だから推薦状などもっての他だと言われたのですが、担任の高柳磯五郎先生は、戦争が終わって軍需工場が無くなったのだから普通の状態ではないと。世の中が変わったんだから、本人が行きたいならいいじゃないかということで、推薦状を書いてくれました。これは本当に有難いことで、間違いなくわたしの人生の大きな岐路になったと思います。

二高は仙台ですから、親元を離れるわけです。この時も母は反対しませんでしたが、普段はあんなに気が強い母が「やっぱり行くのか」という感じで、寂しそうな表情をしていたのが非常に印象に残っています。

やはり、親とすれば、わたしは長男ですから、農家の跡取りになってもらいたかったのだと思います。二高に行けば、大学進学も既定路線ですから、もう家には戻ってこないという予感がしたのでしょう。

普通は二高に進学したら親御さんは喜んでくれるはずなんですが、母は本人が行きたいなら仕方ないという感じで、全然喜んでくれませんでした。

母は能弁なタイプではなく、特別な口癖があるような人では無かったです。「勉強しろ」とは全く言わなくて、「身体には気を付けなさい」とか、いろいろと心配してくれました。

１９４９年（昭和24年）に二高を卒業した後、わたしは東京大学に進学しました。実家から大学まで通ったのですが、当時本庄駅から片道３時間くらいはかかったような気がします。

毎朝５時に起きて、家から埼玉県の本庄の駅まで30分くらいかけて自転車で行く。そこから高崎線に乗って上野まで行き、上野駅を降りて不忍池や闇市のある辺りを通って大学に通いました。

この時、わたしは家から弁当を持参するのですが、６時前に家を出るわたしのために、母は4時過ぎに起きて毎日弁当をつくってくれました。もちろん、当時はガスなどありませんから、薪で火を起こしていたわけです。今の時代は便利だから、そんな苦労もないでしょうけど、不便な時代だったからこそ、余計に母の有難みを感じます。言葉で何かをいう母ではありませんでしたけど、子供に対する愛情というのは強く感じました。

余談ですが、母は同級生の分まで弁当をつくってくれました。この同級生はお金持ちの息子だったのですが、お酒ばかり飲んでお金を使い果たしてしまうので、いつもお腹を減らしているのです（笑）。我が家には米はたくさんあるので、大きな弁当箱にご飯を大盛りにして、半分ぐらい同級生にあげていました。

大学の最終学年の頃は勉強しないと単位が取れないので、浦和（埼玉）に住んでいる母方のオジさんの家に下宿するようになりました。当時は食糧難でしたから、米は貴重品だということで、実家から米を持ってオジさんの家に行くと喜んでくれました。この時ばかりは、家が農家で良かったと思いました。

自分自身、よく東京の学校まで通うことができたなあと思いますけど、母も毎日わたしのために早起きして弁当をつくってくれたわけで、それは今でも本当に感謝しています。

鹿児島で親孝行

大学を無事に卒業し、地方自治庁（現総務省）に入って4年目の1956年（昭和31年）、わたしは鹿児島県に広報文書課長として赴任しました。

ある時、東京出張の帰りに実家に寄ると、母が鹿児島に行きたいというので、母を連れて鹿児島に戻ったことがありました。当時は東京から鹿児島まで寝台列車で30時間くらいしたので、母にとっては本当に長旅だったと思います。

当時すでにわたしは結婚して子供もいました。母にとっては孫になるわけですから、孫の顔も見れたし、鹿児島を観光できたし、郷土料理も食べたしで母は喜んでくれました。途中、わたしの先輩の中沖豊さんが大分県で財政課長をしていて、別府温泉で母と一緒にご馳走してもらった記憶がありますす。だから、この時ばかりはいい親孝行ができたと思っています。

「割と気が強い女性で、芯の強い人だった」というお母さん

ウォームライト社長

桂《けい》　小川《おがわ》

「常に努力していた母が、苦難は財産になることを教えてくれました」

ウォームライト社長

桂 小川

けい・おがわ

1975年9月中国・桂林生まれ。96年大学卒業後、中国銀行桂林支店に入行。97年来日、99年ヨシダ日本語学校卒業、同年宅地建物取引主任者（現・宅地建物取引士）取得。2000年ミニミニ入社、09年から半年間慶應義塾大学大学院経営管理研究科の受験準備をするも断念、同年ウォームライト設立、社長に就任。

苦しみの中で産んでくれた母

私の母、蔣蘭芬は1949年、中華人民共和国設立の年に中国広西省（現・広西チワン族自治区）桂林市で生まれました。

母方の祖父は桂林市の鋼材関係の工場で働いていました。母は9人きょうだいの長女として生まれましたが、時代背景もあって家は貧しく、衛生状態もよくなかったため、母を含む3人しか生き残ることができませんでした。

それでも母は非常に勉強のできる人で、小学校、中学校、専門学校と地元の名門校で学年上位5名に入る成績を修めていました。大学への進学も望んでいたようですが、家庭の事情で断念しました。

私の父は桂建中《けいけんちゅう》といい、やはり桂林の出身です。父も母と同じ学校に通い、母が中学生、父が高校生の時に知り合い、後に父の妹の紹介で再会して結婚することになりました。

私は1975年に2人の長男として生まれました。下に弟がいますが11歳離れています。私は帝王切開で生まれたのですが、当時、担当医師は母に「最新技術を試す」と言ったそうです。どんな最新技術かというと、薬による麻酔ではなく「鍼」。

今聞くと、最新技術でも何でもないわけですが、それでも実行され、母は地獄のような苦しみの中、「死にかけた」といいます。さらに生まれた時の私の体重は４３００《グラム》と、当時のその病院の新記録。苦しみはさらに増しただろうと思います。産後、母は一時的にうつ病になってしまうほどでした。

この事実はもちろん母から聞かされていましたが、私は深く理解できていなかったと思います。それが実感できたのは、私の妻が帝王切開で子供を産んだ時のことです。妻への感謝、子供が生まれたことの喜びが一段落した後、妻の手術の痕を見て、母に「大変な思いをして産んでくれてありがとう」と感謝の電話をしました。

私は一族の孫の中でも長男だったことに加え、父のきょうだいからは女の子しか生まれなかったことから、母は私を産んだことを常に誇りにしていました。

父は私が生まれた当時、学校の教師として働いていました。その後、教育委員となり、各地の学校に行かなければならず、常に出張で家にほとんどいませんでしたから、母はシングルマザーのような生活だったのです。

私は小学校、中学校と勉強が嫌いで、大の問題児でした。学校から自宅まで徒歩20分くらいの距離でしたが、方々に寄り道してとにかく家に帰らず、毎日母が心配して探しに来るほど。

ですから母からよく怒られました。当時の中国では「親孝行の子供は体罰によって育てる」と言われており（笑）、よく叩かれていました。朝叩かれ、お昼は家で食べますから昼叩かれ、夜叩かれといった具合です。

当時の母は小学校の教師、父は前述の通り教育委員という家庭。しかも家が、ある大学の敷地の中にありましたから、周りは先生だらけです（笑）。

母の成績が優秀だったのは前出の通りですが、父はそれに輪をかけたエリートで、学年でトップであるだけでなく、母によると、当時学校の入り口に「学校の成績は桂建中を超えろ」というスローガンを書いた張り紙がしてあるほどだったそうです。当時の中国では、大学に行けるのは1万人に1人という狭き門でしたが、父は大学に通い、卒業しました。

そんな中で私は勉強嫌いの問題児だったわけですから、両親ともに恥ずかしい思いをしただろうと思います。私は暗記など、目的がわからないままの勉強が本当に嫌でした。中学時代、1クラス55人でしたが、私の成績は常に下から数えて10番以内。高校に入っても状態は変わらず、学校の先生達からも見放され、父は一時、そんな私に対し、諦めかけていました。一方、母はそれでも「息子は息子」という形で、常に最高の愛情を注いでくれていました。

「父を超えられない」と日本行きを決意

父は40歳の時に転職し、銀行員となります。努力を重ねて出世をし、地元の支店長にまでなるのです。私は就職にあたって、不本意ではありましたが、父のコネで銀行に入りました。

桂林は小さな街で、非常にリラックスして過ごすことができる場所でした。父は地元でそれなりの地位があり、私も銀行員にしてもらえた。しかし、私は「このままでは、一生かかっても父を超えることができない」と常に悩んでいました。

そこで視野に入ってきたのが日本行きです。しかし、日本には知人もいないし、当時はどういう国かも、言葉もわからない状態。父からは「日本で失敗して戻ってきても席はないよ」と言われました。父にも面子《メンツ》がありますから、戻ってきた息子を「もう一度よろしく」と頭を下げることはできないことはよくわかります。

日本に行くべきか否か、判断材料がなく、悩んでいた私はふと、母がいつも話してくれていた話を思い出しました。文化大革命（1966―76）の時代、母は「知識青年（知青）」として都市部から農村部に行かされ、肉体労働に参加していました。母は私が物心ついたときから何百回と、「あの時は絶望的に苦しかったけど男の人達に負けずに頑張ってきた」という話を繰り返し、私に話していたのです。

そこで私は「お母さんが田舎に行っていた期間はどのくらいだったの？」と質問しました。すると母は「3年弱くらいかな」と答えてくれました。

その瞬間、私は日本行きを決めました。なぜなら、3年弱の期間の経験を、母は一生かけて語ってきていました。その後の長い仕事人生のことはほとんど語っていません。つまり、苦難は財産になると判断したのです。

苦難の記憶を持たないままに一生を過ごすよりも、語ることができる苦難を経験しよう、失敗してもいいじゃないか、と思うことができました。

身元引受人になってくれた恩人が、母の仕事の関係で知り合った佐々木博さんです。佐々木さんは北海道出身で、17歳で上京して仕事を始め、関電工の協力企業である会社の社長にまでなった人です。残念ながら46歳の若さで亡くなってしまわれましたが、佐々木さんなくして私の今はありません。

来日してからは、確かに苦しいことはたくさんありました。おそらく外国人として初めて、かつ来日2年3カ月で、宅地建物取引主任者（現・宅地建物取引士）の資格を取得しましたが、言葉もわからない中での猛勉強で軽度のうつ病になってしまいました。

不動産会社・ウォームライトを起業してからも、苦しいことはたくさんありましたが、昨年は最も苦しい経験をし、生きた心地もしないほどでした。両親にも心配をかけてしまいました。ただ、まさにこの経験こそが引退した後も語ることができる苦難だと思っています。痛みを感じるからこそ、生きていることを実感できます。

不動産ビジネスで日中に貢献を

父と母は、私の一生の習慣にも影響を与えています。それは読書です。今も時間の許す限り、本を読んでいます。学校の教科書を読むのは嫌いでしたが（笑）、興味を持った本を読むのは大好きでした。桂林にいる時には毎週、書店に行ってどんな本が新しく出ているかを見るのが楽しみでした。また、家には父の本棚がありましたが、私が子供の頃は、本がたくさん家にある家庭は本当に珍しい時代でした。父の本棚にあった本も読むことができたのです。

前述の通り、母は大学進学を断念しましたが、心の中に悔しい思いを持っていたようです。そこで私が中学生の頃、小学校の教師から地元の旅行会社に転職した後は、昼間は会社で働き、夜は社会人大学に通って勉強し、8年間で2つの大学の学位を取得したのです。勉強が趣味のような人で、今も何かしらの学校に通っています。

左から、桂さんの母・蔣蘭芬さん、桂さん、父・桂建中さん

私が日本で会社を経営できていることについて、両親ともに「私達の期待をとっくに超えている」と言ってくれています。周りの人達にも私のことを自慢しているようです。仕事のこと以上に、私の体調をいつも気遣ってくれます。

私は不動産ビジネスを通して、中国と日本に貢献していきたいと考えています。今後もこの志を持って、大きな仕事にチャレンジしていくことが一番の親孝行ではないかと思います。

母の教えⅦ

「母の教え」は『財界』に好評連載しております。

2020年6月19日　第1版第1刷発行

著者　『財界』編集部

発行者　村田博文

発行所　株式会社財界研究所

［住所］〒100-0014　東京都千代田区永田町2-14-3 東急不動産赤坂ビル11階
［電話］03-3581-6771
［ファックス］03-3581-6777
［URL］http://www.zaikai.jp/

印刷・製本　凸版印刷株式会社

ISBN 978-4-87932-138-1
定価はカバーに印刷してあります。